秘密結社Ladybirdと僕の6日間

喜多川泰

Kitagawa Yasushi

サンマーク出版

自由に羽ばたいて生きたいと願う
すべての人たちに捧《ささ》ぐ

主な登場人物

桜山《さくらやま》　颯汰《そうた》　　勉強もスポーツも中途半端で投げ出し、ダラダラした夏休みを過ごしている高校三年生

池田《いけだ》　美鈴《みすず》　　颯汰の通う高校の書道部部長。ミス音無中学

山村《やまむら》　風太《ふうた》　　中学生時代、颯汰がいつも勝てなかった水泳のライバル

神田《かんだ》　凪早《なぎさ》　　颯汰の彼女で同じ高校に通っている。風太と中学校が同じ

桜山《さくらやま》　信一《しんいち》　　颯汰の父親

Ladybirdのメンバー

保科希世子《ほしなきよこ》　　国民的有名女優、芸名は保科希《のぞみ》

御堂《みどう》　哲《さとし》　　Ladybirdのバーテンダー、有名な読書ソムリエ

本庄《ほんじょう》　和宏《かずひろ》　　大手都市銀行支店長

篠宮香代子《しのみやかよこ》　　女子中高生に人気のブランドを立ち上げたオーナー

田代《たしろ》　漸登《ぜんと》　　ベストセラー小説家、ペンネームは月代《つきしろ》漸登

熊谷《くまがい》　謙治《けんじ》　　熊谷建築デザイン事務所社長

二階堂《にかいどう》　肇《はじめ》　　注目の若手映画監督、Ladybirdの発案者

プロローグ

孵化前

「以上でリハーサルは終了です」

誰も名前を知らない、市の教育委員会の人の声が響いた。

「明日は、本番ですから、今日の流れを覚えておいてください」

「はい……」

壇上の七人は声もまばらに小さい返事をした。

「で、あとは明日のセッティングのために、ちょっとみんなに手伝ってもらいたいんだけど……」

壇上の七人は、それぞれお互いの様子を気にしながら、誰も声を上げなかった。

お互いに初対面だから無理もない。

「まずは、このグランドピアノを動かすから、こっち来て手伝ってくれるかい」

七人は、舞台の下手にあるグランドピアノに駆け寄った。

ピアノの足についているキャスターは動かないように、お皿をひっくり返した形をした車輪止めの上に乗っている。そこから動かすためには一度持ち上げなければならない。

「傷つけないようにそっと頼むね。ちょっとのショックで音にも影響しちゃうから、下ろすときに注意して」

言う方は簡単だが、やる方は結構、必死だ。

七人の中学生は、教育委員会の人の指示にしたがって、舞台上を行ったり来たりしながら、大きなものを次々移動して、舞台の準備を進めていった。

「よ～し、これが最後だ。そっちに動かすぞ」

希世子は人の背丈ほどもある大きなアンプの下に手を入れた。

すぐ隣で同じように手を入れて持ち上げようとしていた男子と肩が触れた。

その瞬間に、その男子は希世子に小さい声で話しかけてきた。

「なあ、これってすごくねえか」

「え？」

希世子は力を入れた瞬間だったから、何を言われたのかハッキリ聞こえなかった。

「せ～の」のかけ声とともにアンプは持ち上がった。

「スゲエよ。これは」

「何？」

隣の男子が言う「すごい」が、「他のものよりも重い」という意味なら、確かにそうだ。

「これでいくつめだよ」

「七つ目よ」

希世子が短く答えた。

「だろ。スゲエぞ」

隣の男子にとっても、重いのは間違いない。話しながらも声が震えている。

「ほんの10分で、もう七つ目を動かしてるんだぞ」

希世子は、ちょっと苛立《いらだ》った。この男子が何を言いたいのかがわからない。それほど、素早い作業だったとも思えないからだ。むしろ、力の強い大人がたくさんいたら、もっと早く動かせただろう。

「だから何？」

「これだよ。これ」

その男子は、額から汗を噴き出しながらも、表情が躍っている。

「よし、そこでいいぞ。ゆっくりと下ろして」

舞台裏まで運び終わったときには、解放された喜びからみんな思わず声が漏れた。全員の手が震えている。誰もが限界に近かったようだ。

希世子も一息ついた。

「で、何がすごいの？」

「もし、俺がピアノ、あいつが演台、お前はアンプ、って七人が別々に動かすものを割り当てられていたら、今頃どうなってる？」

その男子は、肩で息をしながらも目の輝きは先ほどのままだった。

希世子は、質問の意図がわからないまま、聞かれたことに答えた。この人は何が言いたいのか……。

「一人じゃ動かせないものばっかりよ」

男子は、激しくうなずいた。

「だろ。今頃どころか、10年経《た》っても、七つとも動かせずに同じ場所にあるよ。俺は一人でこのアンプを動かすことはできなかっただろうし、お前だってあのピアノを一人では動かせないだろ。でも、見てみろよ。ものの10分で全部動かしたぜ」

希世子は、舞台袖から綺麗《きれい》に片付いたステージの上を見た。

「確かにそうね。それが、すごいってこと？」

その男子は、意外そうな顔をした。

「え？　このすごさがわからない？」

希世子は、苦笑いをした。

「まあ、すごい……のかな」

「マジか。だってさぁ……」

男子が話を続けようとした瞬間に、声がかかった。

「よし、それじゃあ、ここは空けなきゃいけないから今すぐホールから出てください。明日は9時に集合だってことを忘れないように」

話を途中で切られる形になったが、その男子は何かを思案している様子で、口元にうっすらと笑みを浮かべていた。希世子は、その表情が気になって、顔を声の主である係員の方に向けたまま、横目でその少年を見ていた。

「ごめんな。続きは明日だ」

その少年は、そうつぶやくとさっさとステージをあとにして、帰っていった。

「意味がわからない」

希世子は思わず首をかしげた。

秘密結社Ladybirdと僕の６日間

もくじ

ブックデザイン　岩瀬聡
装画・挿絵　げみ

夏休み

颯太《そうた》は息継ぎをした。

スタミナが切れているわけでもないのに、手も足も思ったように動いていない。

右隣のレーンを泳ぐ奴《やつ》の影がうしろから追いついてきたと思うと、あっという間に颯太を抜き去っていった。プールサイドの声援が一際大きくなるのがわかる。抜いた奴は英雄で、抜かれた奴はその引き立て役。惨め以外の何物でもない。

「もっと速く！」

ゆっくりしか動かない手をもどかしく感じながらジタバタする。それでも左隣のレーンの奴にもその向こう側の奴にも一気に抜かれるのが水中でわかる。

「くそっ」

金縛りにあったように、自分だけ動きが徐々に遅くなっていく。

その呪縛を取り払うように、颯太は声を上げて、キックに力を込めた。

「うわぁ！」

颯太の右足は、ソファからはみ出して空を切った。

その衝撃で、颯太は目が覚めた。いつの間にかソファで寝てしまっていたらしい。

颯太はソファから、身体《からだ》を起こして座った。夢の中の興奮状態が続いているのか、心臓が「ドクドク」という大きな音を身体の中で響かせている。

ほんの一時間前に起きたばかりの颯太は、自分の部屋からリビングに降りてきたかと思ったら、ソファに横になってまた寝てしまったらしい。

つきっぱなしのテレビからは、海で小学生が溺れて亡くなったというニュースが流れていた。夏休みに入ると連日、水の事故のニュースが流れるのは毎年のことだ。

颯汰は、三年前の夏休み、中学の水泳部の仲間たちと川遊びに行ったときに、溺れていた小学生を助けたことを思い出した。確か小学校二年生だったか。一緒に来ていた六年生のお兄ちゃんが目を離した隙に、川底の石に足を滑らせて流された。流された先にたまたま自分がいたから、すぐに助けることができたが、颯汰がそこにいた理由も、友達が投げたビーチボールが大きくそれて、川の中に入ってしまったのを、取りに行ったからであって、そういった偶然が重ならなければ、あれもこのニュースと同じように事故になっていたのかもしれない。

六年生のお兄ちゃんに何度もお礼を言われたが、颯汰にしてみれば自分のいる場所に流れて来たから助けただけであって、ちょっと離れたところで流されていたら、果たして自分は助けるために飛び込む勇気があっただろうかと考えるとゾッとする。

颯汰は息を整えると、ソファテーブルの上のテレビのリモコンに手を伸ばして、チャンネルを替えた。

「沖縄の南海上に発生した非常に強い台風四号は、北西に進路をとり、時速10キロメートルという非常にゆっくりとした速さで台湾方面に向かっています。今後の進路の予想は……」

天気予報に興味が湧くはずもなく、颯汰は次々チャンネルを切り替えた。

平日の午前中のテレビ番組は、どれもこれも同じようなもので、道行く主婦のファッションチェックや、オシャレな街のスウィーツ特集、芸能人のゴシップに、それに目くじらを立てる有識者たちで溢《あふ》れている。

「何か、面白いのやってないのかよ……」

ため息交じりにそう言いながらも、まだ諦めきれず、テレビのチャンネルを替え続けた。すでに二巡目だ。

革張りのソファに横になっていたせいで、Tシャツは汗まみれになっている。

時計を見ると、もう昼の11時だった。

「暑いはずだよ」

そう言うと、颯汰はテレビのリモコンをソファテーブルに置いて、立ち上がった。ずっと横になっていたからか、立ちくらみがする。

よろけながらも部屋を横切ると、壁に据え付けられているエアコンのリモコンを手にして、室温を三度下げた。

「ピピッ」

と機械音がすると、エアコンはすぐに反応し、運転音が大きくなった。颯汰は再び、ソファに倒れ込むように横になると、テレビのリモコンの横に置いてある携帯を見た。テレビでは相変わらず、ファッションチェックが続いている。

「はあ……」

思わずため息が出た。


颯汰は、先ほどからこうやって「きっかけ」を探していた。「勉強を始めるきっかけ」だ。「これが終わったら勉強しよう」と納得できる「これ」を探しているのだが、適当な「これ」が見つからないまま、午前中が終わろうとしている。

颯汰は、テレビに期待するのを諦めて、目の前の携帯を手に取った。目を覚ましてから、寝ぼけた状態で部屋からリビングまで降りてきたにもかかわらず、目の前の手に届くところに携帯があるということは、無意識のうちに持って移動しているということだ。

ラインに入っている新しいメッセージは一件だった。高校三年生の夏休みともなると受験生になったからか、くだらないメールのやりとりも減った。周りも何だか受験モードなのが伝わってくる。

未読のそのメッセージを開いてみると、書道部の部長、池田美鈴《いけだみすず》からだった。

見た目の美しさは周囲の高校にまで聞こえている。

二年前、入学式の直後、「ミス音無中学」という肩書きの美鈴が同じ高校にいると聞いて、颯汰も、できたばかりの同じクラスの友人たちに誘われて、わざわざ美鈴のいる2組まで見に行ったことがある。

確かに、そのとき見た美鈴は息をのむほどにかわいかった。

後日、颯汰が入部届を出すために訪れた書道部の部室に、すでに美鈴がいたことで、颯汰はバラ色の高校生活を予想した。ところが、いざ同じ部活に入ってみると、つけいる隙がないほど真面目な書道に対する姿勢と、あらゆることに妥協を許さない、自分にも他人にも厳しい性格で、かわいい女子にありがちな、男子に好かれる立ち居振る舞いを知っているとか、女の子らしさが溢れているだとかいうことが一切ない。先輩だろうが後輩だろうが、男子だろうが女子だろうが、とにかく接する相手によって態度を変えることもない。

ようするに、とても近寄りがたい、ストイックな性格だということがわかり、どうも颯汰には苦手なタイプだと感じたきり、もう二年以上が経《た》つ。周りの男友達は、同じ部活である颯汰のことを羨《うらや》ましがったが、そういった事情については部員でなければわからないだろう。

「夏の合宿が始まります」

というタイトルで、颯汰に参加を促すものだった。

責任感の強い美鈴らしい断固とした姿勢が文面から感じ取れる。文末には、

「それと、夏休みの間はいいけど、いつもパフォーマンスは袴《はかま》でやるから、その髪の色は

やめてね」

と、生活指導の先生みたいに口うるさい注意書きが入っていた。颯汰は染めてしばらく経つ金髪をさわった。とてもじゃないけど参加する気にはなれない。


高校生になったとき、中学時代に県大会で二位になったこともある水泳をやめて、書道部に入ったことは、颯汰の周りにいた奴らを驚かせた。

「どうしてだよ！」

「お前の才能があれば、インターハイだって出られるのに……」

同じ松門《まつかど》中学の水泳部だった奴らは、颯汰が自分の才能を棒に振ったことに怒りを通り越した呆《あき》れを感じていたが、本人はあまり気にしていないようで、

「中学三年間水泳やって、小学生男子の日本記録にすら届かないんだぜ。才能ねえよ」

と、自分の才能に見切りをつけた理由を説明した。

周りからすれば、あれだけ練習しないで県大会二位になれるというのは才能以外の何物でもないとしか思えない。それが、あっさりと水泳を捨てて、書道部だ。まあ、確かに普通の人に比べると字が綺麗《きれい》ではあるのだが、そっちの分野の方が、颯汰よりも上手《うま》い奴は掃いて捨てるほどいるような気がする。

そんな颯汰の行動は、彼の周囲の友人たちにとっては理解不能だった。

中学時代の友人は知らないが、颯汰は父親の勧めで、小学生の頃から水泳だけでなく書道を習っていた。中学入学と同時に書道教室はやめてしまったが、小学生の時に一度だけ書道で賞を取ったこともある。県内の小学生から選ばれる書道展の佳作だった。

だから、颯汰自身にとって、水泳部でなければ書道部というのは、それほどの飛躍ではない。ただ、颯汰にとっての誤算は、彼の所属した暁《あかつき》高校の書道部の活動が、結構ハードだったことだ。夏休みには合宿もある。暁高校の書道部は秋の学園祭で、音楽に合わせながら一枚の大きな作品を完成させるパフォーマンスを毎年披露しているが、そのための合宿が夏休みにあるのだ。そのパフォーマンスの様子は、市の情報誌に毎年写真付きで紹介されたりもする。

何をするにおいても練習嫌いの颯汰は、なんだかんだ理由をつけて、これまで二年間、その合宿も、パフォーマンスも欠席している。歴代の部長も、その辺は大目に見てくれていたのだが、理由のひとつに、男子部員が颯汰しかいないという事情があった。二泊三日の泊まり込み合宿に男子一人のために部屋を用意することもできず、颯汰の欠席は書道部にとっても歓迎できるものだったと言える。ところが、今年、一年生の男子部員が入った。そいつは合宿に参加するらしい。部長の美鈴は、男子が一人にならないために、颯汰も合宿に出ろとうるさい。

「母方の伯父が、もう長くないらしくって、今年の夏休み会えなければもう会えないかもしれないから、ちょうどその時期、家族で母方の田舎に行くことになってるんだよね。ゴメン」

と、もう何人目になるかわからない架空の親戚を登場させて、美鈴に返事をした。

「ああ、面倒くせえなぁ……」

颯汰は、携帯を目の前に投げ出すと、大きなため息をついた。

「そういえば……」

颯汰は、もう一度テレビのリモコンに手を伸ばして、入力切り替えをした。昨日、父の信一が映画を観《み》ると言っていたのを思い出したからだ。

「何観てたんだろう。あれを観てから勉強するか……」

ブルーレイプレーヤーの電源が入るまで少し間があった。部屋の中にはエアコンの運転音が響いている。窓の外からは蟬《せみ》の鳴く声が聞こえてくる。きっと外は灼熱《しゃくねつ》だろう。

ようやく電源が入ると、颯汰はすぐに再生ボタンを押した。映し出されたメニュー画面を見て颯汰は激しく失望した。

「うそだろ！」

それは、父の信一お気に入りの『Ladybird』という映画だった。

「また観たの？」

悲鳴にも似た声が出た。仕事帰りに駅前で借りてきた映画だとばかり思っていたが、信一が所有しているブルーレイだった。

もちろん、颯汰も一緒に観たことがある。それも一度や二度ではない。酔った父親に付き合わされる形で、何度も観た。

特に、アクションが激しいわけでもなければ、巧妙な伏線が張り巡らされたサスペンスでもない。ごく普通の、ありふれたヒューマンドラマだ。まあ、もちろん最後は少しだけ感動するのだが、正直、颯汰には何が面白くて、この映画のブルーレイを信一が買ってきたのか、そして何度も繰り返し観るのかが不思議でならない。

「この映画の、どこが面白いの？」

たまらず聞いたことがある。

「ん？　お前にはまだわからんよ。こういう複雑な人間模様を表現する映画の良さは、大人にならなきゃわからないもんだ」

と、バカにしたように信一は答えた。確かに颯汰にとって映画は、ド派手なアクション、CGがすごい、魔法や戦いがふんだんに出てくる、手に汗握るサスペンス、といった要素がなければ「退屈」の一言で片付いてしまうものでしかない。

「それに……父さんも、こういう雰囲気のバーで飲んでみたいって思うからかなぁ」

信一は、付け足すようにそうも言った。

確かにバーの雰囲気はいい。「だけは」と言ってもいいほど、他に颯汰が気に入るような特徴がないのでバーの良さが目立つのかもしれない。

映画のタイトルにもなっている「Ladybird」は物語の中に登場するバーの名前で、映画の途中、何回か出てくる。

店の中は、バーというよりも書庫や書斎といった雰囲気で、実際に壁一面の棚には、酒瓶ではなく本が埋まっている。お店のコンセプトが「書斎で飲むお酒」ということだろうか。豪邸の主《あるじ》が自分の書斎でお酒を楽しむような気分にさせてくれる、そんなお店だろう。置いてある机やイス、スタンドライトといった調度品もバーというよりも、やはり昔の西洋貴族の豪邸の書斎といった雰囲気だ。店の奥には暖炉まである。

オープニングシーンが印象的で、音楽が始まると、アップになったオイルライターの火が映る。カメラが引くと、葉巻に火をつけようとしているハットをかぶった客が映る。そこからカメラが移動して革張りの一人がけソファに深く腰を下ろして本を読みながら、グラスを傾けている客が映り、また、カメラが移動して三人で談笑するテーブルが映る。そこから、更に移動してカウンターの美女に近寄る。女優の名前は保科希《ほしなのぞみ》だ。希が、カウンターに置いてある鉢植えの白い花に触れながら、

「Ladybird をお願い」

と言う。するとカメラはバーテンダーの映像に切り替わり、手際よくカクテルを作る手元が映る。この間ずっと、俳優や原作者、監督などの名前が横文字でどんどん画面に飛び

込んでくる。

カクテルが完成すると、映像はカウンターを真上から映したものに変わり、画面の上方から慣れた手つきで、カウンター上に紙コースターが滑り出てくる。コースターには「Ladybird」のロゴが印字されていて、そこがアップになる。それが映画のタイトルになっている。音楽のボリュームが下がると、そこにできあがったカクテルが置かれる。カメラが切り替わり、女優がカクテルを手に取って一口飲むと、

「今頃、和也はどのあたりを旅しているのかしら」

と遠い目をして言う。するとシーンが変わり、主人公の和也がとある街でバックパックを背負ったまま、地図を片手に、ある家を探しているシーンになり、映画が始まる。

そのオープニングは、確かに店の雰囲気と音楽がマッチしていてかっこいい。

「実際のお店じゃなくて、セットでしょ」

颯汰がそう言うと、

「だろうな」

と言って信一は笑っていた。

颯汰は、オープニングだけ観ると停止ボタンを押して、再生を止めた。

「仕方ない、勉強すっか」

そう言うと、携帯を手にソファから立ち上がった。また、立ちくらみがした。夜更かし

をしたのが響いているのか、朝食を摂《と》っていないからなのか、それとも単純にずっと横になっていたからだろうか。

足取り重く二階に向かい、自分の部屋に入った。

部屋は散らかした覚えがないのに雑然としている。

綺麗に整っているのは、本棚の上くらいで、中学校時代に水泳で獲得した盾やカップが並んでいる。その場所以外は、部屋中メチャメチャと言っていい。自分の部屋の惨状が更に気を重くした。部屋だけでなく机の上も散らかっていて勉強する気にもなれない。

颯汰は、現実から逃れるようにとりあえずベッドに倒れ込んだ。

うつぶせに倒れ込みながら、ふと視線を上げると、額に入った半切《はんせつ》の紙が目に飛び込んでくる。

「日々漸進《ぜんしん》」

小学校六年生の時に佳作をもらった、例の作品だ。目標に向かって少しずつ進歩していこうという自分へのエールも込めて部屋に飾った。いい言葉ではあるが、今の颯汰を鼓舞する力はない。

「ダメだ。全くやる気がしない……」

そう独り言を言ったときに、携帯が震えた。メッセージは予想通り、彼女の神田《かんだ》凪早《なぎさ》からだった。

「そうたん。塾はどうしたの？　具合でも悪い？」

凪早は颯汰のことを「そうたん」と呼ぶ。最初は颯汰も抵抗したが、そのうち慣れてしまった。颯汰は、この夏休み、凪早の通っている塾の夏期講習に申し込んでいたが、最初の一日に参加しただけで、翌日から行っていない。

「わりい。あとでノート見して。元気だから心配しないで」

詳しい理由を送る気にもなれず、短い返信をした。すぐに凪早から板書の写メが送られてきた。

見直すかどうかはわからないが、とりあえず保存だけはしておく。

「そうたん、明日は来るよね？　みんな心配してるよ」

一緒に送られてきた写真には、塾の同じクラスの奴らが写っている。

颯汰は、一気にたまった怒りを、分散させてまき散らすように深く息を吐きながらうなり声を上げた。

「ああ～もう」

颯汰は激しく指を動かして、短く、

「たぶん行かない」

と返事を打つと、送信をして携帯をベッドの上に投げた。すぐに、携帯が震える音がした。

「はあ」

ため息をつきながら、もう一度携帯を手にした。

「どうして？」

凪早は、自分が誘った塾だけに、颯汰の面倒を見なければならないという使命感に燃えているらしい。

「せっかく紹介してもらったけど、俺、その塾ちょっと合わないかも」

それだけ打つと、送信をして、また携帯をベッドの上に投げた。またすぐに携帯が震える音がしたが、メッセージを見る気にもなれず、今度は放っておいた。

「何もかも、上手く行かねぇなぁ」

颯汰は、苛立《いらだ》ちを吐き出すように頭をかきむしった。

凪早とは付き合い始めてから七か月になる。それまでも仲はよかったのだが、クリスマス前にいつものようにくだらない話をしているときに、お互いに、クリスマスをともに過ごす相手がいないという話になり、

「じゃあ、付き合っちゃおうか」

というノリで付き合うことになった。今となっては、どちらからその話をしたのかも覚えていない。

凪早は一緒にいると笑顔が絶えないし、いつも明るい気分にさせてくれる。

だが、その明るさは自分だけに向けられるものではない。凪早は誰に対しても同じように明るく接する。そういう性格だ。その明るさが自分以外に向けられているときに、颯汰は面白くないと感じてしまう。まあ、いわゆる「嫉妬」というやつだ。その感情が湧いてくるたびに、最初のうちは男としての器が小さい自分のせいだと、それを克服しようともしていたが、今では、

「凪早は、俺の気持ちを汲《く》み取ろうという意識に欠けている」

と、凪早のせいにしている。

凪早の誘いで、通うことになった塾は、彼女が中学生の頃から通っている塾で、そこには凪早の中学時代の同級生もたくさんいる。結果として、颯汰が初めて会うすべての人が、凪早にとっては仲のいい友人だった。

「そうたん、K大学に行きたいんだったら、うちの塾に来れば？　同じ塾なら、一緒にいられる時間も長くなるし、一緒に勉強できるでしょ」

凪早の誘い文句に、バラ色の夏休みのイメージを膨らませて、同じ塾に通い始めた颯汰は、初日にしてその淡い夢を打ち砕かれた思いがして、態度を硬直化させた。

知らない奴らと楽しそうに話し、盛り上がる凪早は、自分が見たこともないような表情や雰囲気を中学時代からのつきあいのある仲間たちに見せて笑っていた。とりわけ、颯汰が入った凪早のクラスは、難関大学を目指す特別クラスらしく、颯汰を入れて八人という

少人数で構成されており、それぞれが違う高校から集まっているにもかかわらず、塾でのつきあいが長いこともあってか、本当に仲がいい。

颯汰は、その輪の中に入っていけず、完全にへそを曲げた。

もちろん、凪早は輪の中に颯汰を引き入れようと、あの手この手で何度も颯汰を誘ったが、最初に曲げたへそは、そう簡単に戻ったりはしない。

そのうち、凪早の中学時代の女友達の一人が、

「桜山君って、無口で硬派って感じなんだね」

と言ったものだから、颯汰はそれ以降、そのキャラクターを変えることにも抵抗を感じるようになった。

凪早は、颯汰の中にいつもと違う雰囲気を敏感に感じとって、気をつかい、ちょっとした瞬間に近寄ってきては、小声で、

「そうたん、どうしたの？　具合でも悪い？」

と聞いてきたが、颯汰は首を横に振って、

「いいや。大丈夫」

と答えるだけだった。それでも、心配をした凪早は、

「何か怒ってるの？　嫌なことでもあった？」

なんて聞いてくる。もちろん、「怒ってる」「嫌なことだらけだ」なんて、自分の器の小

ささを公言することになるようなことは言えるはずもなく、

「怒ってないよ。全然大丈夫だから。いや……ホントだって。いつもといっしょ。何にもないよ」

としか、答えられない。

そして、そうやって答えることで、颯汰は更に苛立ちを募らせていった。

そう答えるしかないのに、そう答えることで、もう、「怒ってる」とも「気に入らない」とも言えなくなってしまうからだ。

ただ、初日から感じているその激しい怒りや嫉妬がどこから来ているのか、本当の理由を知っているのは、颯汰だけだろう。

そのクラスにいる山村風太《やまむらふうた》という奴の存在だ。

山村は凪早と同じ橘北《たちばな》中学出身で、生徒会活動などを一緒にしていたらしい。颯汰よりも10センチメートルほども背が高く、鍛えられた身体をしていることが地肌の上に直接着ている白いシャツの上からもよくわかる。高校は県一番の進学校・開城高校とくれば、典型的なモテ男だろう。凪早との距離感も他の奴とは違うように見えた。

「お前に、女を感じたことはねーし」

と言いながら、凪早の頭を軽く叩《たた》く。その仕草は、いかにも女好きの男が好きな女の子にさわるひとつの手段でしかないように見えて、虫唾《むしず》が走る。

「はぁ？　私もあんたを女友達だと思ってるから」

なんて、返す凪早の言葉遣いも、颯汰が知っている高校三年生のそれではなく、中学生の頃のキャラクターなのだろう。周りの奴らも、

「また始まったよ」

と言って笑って見ていることから、二人は昔から、学校で、そしてこの塾でこうやってやり合ってきたんだろう。

中学も高校も違うこの山村風太のことを颯汰はよく知っていた。

同じ市内にこの山村がいることで、颯汰は中学時代、市の水泳大会でも優勝を経験したことがない。県大会で颯汰が二位になったときも、表彰台の一番高いところにはこの山村風太がいた。

そう、何を隠そう、颯汰にとって、山村風太は、颯汰が小学生時代は向かうところ敵なしだった水泳をやめるきっかけをもたらした男でもある。

そして、何より気に入らないのが、風太という名前だ。自分の名前から、立と水を取ったら、こいつの名前になるのは、何かの偶然としてもできすぎている。

「山村に勝てる奴がいるとしたら、颯汰、お前しかいない。お前が本気になれば、あいつに勝てるかもしれないんだ」

実際、最初の25メートルだけなら颯汰と風太はいい勝負をしたが、25メートルで折り返

してからの伸びは風太の方が明らかにすごい。颯汰は全くついて行けなくなる。一番の原因は、颯汰の練習不足から来るスタミナのなさだと周りは思っているから、練習さえすれば勝てると、水泳部の仲間たちは颯汰を鼓舞したが、颯汰にはそれが、

「本気になっても、山村に勝てるかどうかわからない」

と言われているように聞こえていた。

結局中学三年間を通して、颯汰は真面目にスタミナをつけようという理由で、自分を追い込んだ練習をしたことがない。結果として、山村がエントリーしているレースで勝ったことはなかった。

三年ぶりに再会した山村風太は、中学生の頃よりも背が高くなり、自信に満ちたオーラがみなぎっているように見えた。焼けた肌と、発達した肩と胸の筋肉を見れば、高校生になってからも水泳を続けていたんだろうということがわかる。

風太は、颯汰を見つけると、

「あれ、桜山って水泳やってたよね。俺わかるでしょ？　山村だよ。ほら中学の時いつも大会で一緒だったじゃん。なに、凪早の彼氏ってお前なの？」

と上機嫌だった。

初日の授業が始まる前から、颯汰は帰りたくなった。

「ええ？　嘘《うそ》。二人とも知り合いなの？」

凪早が嬉《うれ》しそうに声を上げた。颯汰には何が嬉しいのか理解ができない。

「風太は、開城高校なんだよ。めっちゃ勉強できるから、わからないことがあったら私じゃなくて風太に聞くといいよ」

凪早は嬉しそうに山村風太を紹介したが、颯汰は水泳だけじゃなく、勉強においても自分のはるか上を行く男に、素直に教えを請う気にには当然なれなかった。

「ちょっとは、俺の気持ちも考えてくれよ」

山村風太と再会したその塾で、心の中でつぶやいたその言葉を、今は声に出してつぶやいた。

そして、今頃、あいつらは一緒に授業を受けているんだ。そう思うだけでも、イライラがぶり返してきて、とても寝ていられる気持ちではなくなる。

颯汰は、足で勢いをつけてベッドから起き上がり座った。

「ダメだ、気分転換に部屋の片付けでもしよう。どっちにしても、このままの部屋だと勉強やる気になんてならないんだから」

颯汰は立ち上がって、床に散乱している漫画の単行本を拾い上げ始めた。

★

「颯汰。ごはんできたよ」

自分を呼ぶ、母親の綾子の声を聞いて、颯汰は、顔を漫画から上げて時計を見た。もう、20時半になっていた。

「わかった」

片付けのつもりが、読み始めてしまった漫画も16巻まで来ていた。何度読んだかわからないが、何度読んでも読み始めると止まらなくなる。

颯汰は、16巻をそれまで本棚に並べた15巻の隣に差し込むと部屋を出て、階下に降りていった。

「ごめんね、遅くなっちゃった。作ってるともっと遅くなるから、買ってきちゃった」

綾子は、仕事から帰ってくるのが遅くなったことを謝っている。綾子は美容師で、自分の店を持っている。いつもは、19時には帰ってくるのだが、今日はいつもよりも遅い。

「帰ろうとしたときに、急に常連さんから電話が入って、明日、同窓会があるから、どうしても今日中にカットして欲しいって言われちゃって……」

スーパーで買ってきた総菜を並べながら綾子が言った。

父の信一はまだ帰ってきていないようだ。

「俺は、もっと遅くでもいいんだよ。それこそ父さんが帰ってきたときに一緒でも大丈夫だから……」

そう言いながら、テレビのリモコンを手に取り、電源を入れた。

お笑い芸人たちにドッキリを仕掛ける番組が放送されている。颯汰の手が止まった。くだらないが笑えはする。気分転換にはなるだろう。

「そう？　でも颯汰の分は買ってきちゃったから、食べて。そういえば、塾はどう？」

母親の質問は、時に鋭く息子の心に突き刺さる。

「え？」

颯汰は、テレビに集中していたから、聞こえなかったふりをした。

「塾はどうなの？　凪早ちゃんと行ってるんでしょ」

「ああ……まあね。でも俺には合っていないような気がする」

「あらそう？　じゃあ、夏休みが終わったら続けないの？」

「うん……たぶんね」

綾子は、心配そうな顔をしたが、特に何も言わなかった。

テレビでは、番組がＣＭに入り、このあと21時から話題のアクション映画がテレビ初公開になることを知らせている。

「あ、これお父さん観たがってた映画なのよ。颯汰、録画しておいてくれる？」

「いいよ」

颯汰は慣れた手つきで、リモコンを操作して録画予約をした。

「俺も観ようかな」

颯汰は、独り言のように小さい声で言ったが、綾子に聞こえたらしい。

「そうね、昨日も夜中まで勉強してたみたいだし、今日だって朝から晩まで勉強してたんでしょ。ちょっとは息抜きすれば」

「うん……そうするよ……」

颯汰は、さすがに罪悪感を覚えた。実際のところ塾にも行っていなければ、今日一日、1分たりとも勉強なんてしていない。それでも、この映画を観たいという欲望には勝てそうにない。いや、実際には映画を観たいという欲望ではなく、勉強からの逃避だということは自分でもよくわかっている。

罪悪感を打ち消すように、映画を観終わったら死にものぐるいで勉強するぞと、自分に言い聞かせていた。颯汰は、一日中探し続けていた「これ」というきっかけを一日の終わりになって、ようやく見つけた。目覚めてから12時間という時間が経過している。

Ladybirdの秘密

颯汰は、寝苦しさを感じて目を覚ました。締め切った部屋の中はサウナのように暑く、外では蝉《せみ》の声が鳴り響いていた。つけっぱなしで寝たエアコンがタイマーで切れたらしい。もう11時になっていた。

「あぢ～」

思わず声が出る。

まるでマジックテープが剝がれるときのように、少しずつベッドから起き上がると、すぐにエアコンの電源を入れ、またすぐにベッドに倒れ込んだ。

昨日は、映画を観《み》終わったあとで、部屋の片付けを再開し、結局夜中の3時半頃にようやく綺麗《きれい》になった。

「これで、明日から気分よく勉強できるな」

と納得したところまでは覚えているが、倒れ込むようにベッドに横になった途端、寝てしまったらしい。

颯汰は、横になったままで、まだぼんやりした頭をフル回転させて、今日一日のスケジュールを考えようとした。

「まずは、英語の長文でも解くか……。それから、お昼を食べて、午後は1時から数学の問題を解こう。4時からはまた、英語の文法問題をやって、夕方6時から今度は化学だな……」

そうやって考えているうちに、颯太は空腹を感じ始めた。

「待てよ、やっぱりエネルギーを入れないと、動けないからな。まずは遅めの朝食、いや、早めの昼食を摂《と》ってから、英語の長文をやろう」

そう自分を納得させると、颯太は重たい身体《からだ》を再びベッドから起こして、階下に向かった。どうも、計画があとズレになる。それでも、昨日のような一日にするわけにはいかないと、颯太も考えてはいる。

家の中は、信一も綾子も仕事に出たあとで、ひっそりとしていて誰もいない。腐るといけないからという理由で、食事の作り置きもしていないのだろう。ダイニングテーブルには、食べ物の代わりに、「お昼代。今日も勉強頑張ってね」と書かれたメモ用紙と、一〇〇〇円札が置いてあった。

颯太は、そのお金を手に取ると、フラフラした足取りのまま玄関に向かった。

いつもならコンビニ弁当で済ませるところだが、コンビニで何かを買ってくると、ゴミが出る。そうすると外ではなく家で食べたことがわかってしまうので、塾に行っていないこともわかってしまう。受験に対する用意において周到さはないのに、そういうことに対する周到さは、自分でもあきれるほどだ。

もちろん、いつかは、「塾には行っていない」と話をしなければならないのはわかっているし、そうするつもりだが、こんなところで親にバレて、追及される形で、その話をしなければならないというのは、望むところではない。

できれば、自分のタイミングで、自分の方から言いたいと考えている。

颯汰は外食してくることに決めた。店のあてはないが、駅前の商店街に行けば何かあるだろう。

着替えるかどうか、一瞬考えたが、どうせ食事をして帰ってくるだけで誰にも会わないだろう。部屋着として使っているよれたTシャツとスウェット地のハーフパンツのまま行くことにした。

玄関を開けた途端、熱風と蟬の合唱の大音量が迫ってきて、耳をふさぎたくなる。耳をつんざくその音は、頭の奥でキンキン鳴り響いて不愉快だった。

一歩外に出ると、そこは灼熱《しゃくねつ》と表現するにふさわしい暑さで、

「何だ、この暑さは……」

思わず独り言を言った。

颯汰は自転車にまたがると遮るもののない真夏の太陽を真上から浴びながら自転車を漕ぎ始めた。

一漕ぎするごとに、全身のあらゆる毛穴から汗が噴き出て、むき出しになった腕と膝が1秒ごとに日焼けしていくようだ。吸う息も熱気を帯びていて、サウナの中で呼吸しているみたいな気になる。かなり息苦しい。

駅は颯汰の家から一山越えた高台の上にあって、途中200メートルほど続く傾斜が急な上り坂を登り切らなければいけない。登り切ったところから「音無フフワー商店街」という駅前の商店街がまた200メートルほど続いている。

体力に自信がないわけではないが、寝起きの今、この尋常ではない暑さの中を、自転車に乗ったまま登ろうという気分には到底なれない。迷わず、坂の手前で自転車を降りて、押して上がることにした。

通学に駅を使わない颯汰が、この坂を登るのは久しぶりだ。通りの街灯に、いつもはない飾りがぶら下がっていることがわかる。

あちこちに貼られたポスターで、四日後に「音無フラワー商店街・夏祭り」があることがわかった。いろんなイベントが開催されるようで、折り紙アーティストによるパフォーマンスや、今人気のバンド、「ドリームキャッチャー」によるライブもある。あの有名バンドが？……と、にわかに信じがたい。

「よく、こんな小さな商店街が呼べたな」

暑さで朦朧《もうろう》とする意識の中で、息を切らしながら颯汰はポスターに突っ込みを入れた。

坂はいつもよりも長く感じた。

睡眠不足がたたっているのか目眩《めまい》もする。

動悸《どうき》が激しくなり、苦しくなって息を思いっきり吸い込んだ。

何だか、酸素が全く入ってこないような気がする。

颯太は、もう一度大きく息を吸い込んだ。

「あれ、これ何だ……」

颯太は、蟬の声とは違う、激しい耳鳴りを感じて、立っていられなくなった。

慌てて自転車を横倒しにして、道路に座り込んだ。

「ちょっと、苦し……」

何かを思うまもなく、颯太の意識は薄れていく。

自分の意志とは無関係に、頭が地面の方に垂れていくのがわかるが、どうすることもできない。

直後に、颯太は気を失った。

★

最初に目に飛び込んできたのは、天井だった。

視界が広がると同時に、状況を飲み込もうと頭が動き始める。

「ええと……どうして俺は寝ているんだ」

すぐに記憶がよみがえる。

「そうだ。家を出て、道の途中で息苦しくなって……意識が遠のいていって」

時系列的に事態を整理していくが、自分のいる場所の見当がつかない。屋外ではなく、部屋の中だ。人の気配もする。どこかの店の中だろう。全体的に薄暗いが、颯汰が見上げている天井からはスポットライトの明かりが自分に向かって降り注いでいて、周りの様子がよくわからない。

「まだ、顔が青白い。そのまま寝ていなさい」

大人の声がした。

「どうも、すいません」

颯汰は相手を確認しないで返事だけをした。まだ、頭がぼんやりしている。ここがどこで、誰が助けてくれたのかわからないが、そんなことに気が回らない。全身から血の気が引いている。

颯汰は、再び目を閉じた。

「優しい誰かが、ここまで運んでくれて休ませてくれたのだろう」

薄暗い部屋の中は、エアコンが効いていて心地よい。小さな音ではあるが、ジャズがかかっているのがわかる。何の店だろう……自分が意識をなくしてもこうやって助けてくれる人がいるなんて、世の中捨てたもんじゃないな……など、いろんなことがとりとめもなく浮かんでくる。

横になって目を閉じていると、徐々に意識が回復してくるのが自分でもわかる。

そのときだった。

「何か、もらおうかしら」

少し離れたところで、女性の声がした。

「そうね……Ladybirdをお願い」

颯汰の考えごとは、その言葉によって中断された。

「ん？」

颯汰は目を開けて、横になったまま、声のする方へ頭を向けた。

自分に向けられているスポットライトのせいで、ハッキリとは見えないが、視線の先にはカウンターがあり、一人の女の人が丸イスに座っている。鉢植えの白い花を指先でさわっているのが背中ごしに見える。カウンターの向こうには、バーテンダーがいて、女性の声に反応して早速手を動かし始めた。どこかで見たことがある光景だ。

バーテンダーのうしろには棚があり、そこには酒瓶ではなく本が並んでいる。

「そうか、ここはLadybirdだ」

颯汰はそこがどこなのかがわかったが、一呼吸置いて、飛び起きた。

「ええっ！　Ladybird⁉」

急に飛び起きた颯汰に、そこにいた人たちの視線が集まった。

最初に目が合った男は、ライターの火を片手に持って、今まさに葉巻に火をつけようとしていた。

パナマ帽をかぶったその男は、手を止めて颯汰の方を見ている。

「何だ？　吸わない方がいいか？」

男は眉をしかめてぶっきらぼうにそう聞いた。

颯汰は激しく首を横に振った。

「いいえ。そういうわけではなくて……ど、どうぞ」

慌ててそう返事をしたが、緊張で声がうわずっている。

男は止まっていた手を再び動かして葉巻に火をつけた。横顔に見覚えがある。まさにこの人の横顔からあの映画は始まるのだ。間違いなくあの人だ。

颯汰は、事態が飲み込めず視線を他に移した。

「どういうことだ……」

男の奥には、これまた見覚えのある暖炉が見える。

「まだ、寝ていた方がいいよ」

声のする方向に目を向けると、三人の人が談笑しているのが目に入った。

「いや……もう大丈夫です。いや、大丈夫じゃないけど、大丈夫です」

颯汰は、自分でも何を言っているのかがわからないが、何より、今何が起きているのかがわからない。

ふり返って颯汰の方を見ているカウンターの女性と目が合った。

「はいどうぞ」

バーテンダーがカウンターの上に、これまた見覚えのある赤いカクテルを置くと、その女性は、特に言葉を発するわけでもなく、カクテルに手を伸ばした。

「保科希《ほしなのぞみ》だ」

颯汰は、有名女優の名前を口にした。

目が合ったバーテンダーは、颯汰に向けてにっこりと微笑《ほほえ》むと、カクテルを作るために出してきた様々なものを手際よく片付け始めた。

颯汰は再度、一通り店の中を見渡すと、軽い目眩を感じて、もう一度横になりながら目を閉じた。

「どういうことだ、これは……。落ち着いて考えろ……なんで俺が映画の世界の中にいるんだ？」

颯汰の鼓動は速くなっていった。

自分の家を出て、駅に向かって、路上で倒れて、気が付いたら映画のワンシーンで観たバー「Ladybird」にいる。しかもそこにいる人たちは映画のシーンの中にいた人たちそのままだ。夢を見ているのだろうか？　それを確認する一番有名な方法を試さないわけにはいかない。

バカらしいと思いながらも颯汰は自分の頬をつねってみた。もちろん痛みはある。

これは夢ではない。

わかることは、自分が倒れたときに助けてくれた人が、ここに連れてきてくれたということだけだが、果たして続編の撮影中なのか……いや、それはおかしい。この店の中には、撮影用の照明もなければカメラもないし、この人たち以外、撮影スタッフと呼ばれる人の姿はない。

自分が映画の世界の中に入り込んでしまったのか……。

いや、そんな非科学的なことは、それこそ映画じゃあるまいし……。

結局考えていても、颯汰にわかるはずもなく、混乱ばかりが増していく。颯汰は壁沿いのソファから身体を起こして座り直した。

「貧血でしょ。これでも飲んで、休んでいきなよ」

バーテンダーが、グラスに飲み物を入れて持ってきてくれた。フルーツを搾ったそのジュースのグラスの口には彫刻のように綺麗に皮が加工されたオレンジが存在感たっぷりに乗っかっている。

「あ、ありがとうございます」

颯汰はぎこちなく礼を言った。バーテンダーは微笑むと踵《きびす》を返してカウンターの方に帰ろうとした。

「あの」

颯汰はとっさに声を上げて、バーテンダーを呼び止めた。

「ん？」

バーテンダーはふり返った。

颯汰は、声をかけたはいいが、話す内容を準備していたわけではない。この状況でいったい何からどう話をすればいいのか。何を聞けばいいのか……。ほんの短い時間でしかなかったが、颯汰は頭の中で忙しく思案を巡らせていた。

「えっと、俺お金が一〇〇〇円しかないんですけど……足りますか？」

バーテンダーの御堂哲《みどうさとし》は声を上げて笑ってから、

「お代はいらないよ」

と言った。

「ありがとうございます。それで……あの……俺は……」

御堂は、颯汰の言いたいことがわかるとでも言うように大きくうなずいて、質問が終わらないうちに話をしてくれた。

「君が倒れるのを、そこにいる本庄が見ていてね……。それで、あの人たちがここに運んでくれたんだよ」

御堂の視線につられて、颯汰も談笑をしていた三人組の方に目線を移した。

一人は、女性で白のノースリーブに柄物のロングスカート。髪型は、きちんと揃《そろ》えられた前下がりのショートボブにしているのが印象的で、やはり映画のオープニングシーンに出ていたのと同じ人だと確信できる。

あとの二人は男性で、二人とも眼鏡をかけていて短髪であるということは共通しているが、一人は和服を着流していて、手に握られた扇子を風など起きないほどゆったりと扇《あお》いでいる。もう一人の、半袖開襟シャツを着たサラリーマン風の男性が、どうやら本庄という名前らしい。颯汰と目が合うと軽く右手を挙げた。

颯汰はペコッと頭を下げた。

やはり、自分は倒れて、ここに運び込まれたことに間違いはないようだ。そのことはわかったが、颯汰の疑問が解消されたわけではない。むしろ一番わからない部分はそのままになっている。

どうして自分が映画の世界の中にいるのか……。

それとも、これは現実の世界なのか……。

「ここは、Ladybird……ですよね……」

颯汰は恐る恐る聞いた。御堂が驚いたような顔をして、目を見開いた。御堂だけじゃない、颯汰の声が聞こえた者はみな目を見開いて少年の方を見た。

「君、ここを知ってるの？」

「はい……映画で見たので……」

そう言いながら、颯汰は店の中を見回した。

「ここにいらっしゃるみなさんも、見たことが……」

今度は、一人ひとりに目をやった。カウンターの保科希と、葉巻を吸っている男は颯汰の方を見ていない。

「だから、どうして自分がその映画の中に入ってきてしまったのか、わからずに、ちょっとパニックになっているんですが……これって撮影中か何かですか？」

カウンターにいた保科希がクルリとふり返るとヒールの音を響かせながら颯汰の方に近寄ってきた。御堂の肩に手を乗せてうしろにさがるよう促すと、希は顔を颯汰の前まで近づけた。

テレビでよく見る女優の顔を間近で見るのは、颯汰にとって初めての出来事で、不思議な感覚だった。

年齢は自分の父親と同じくらいだと思うが、とても若く見える。顔がちっちゃいし、いい匂いがする。

「映画とか、撮影中とか、あなたの言ってることはわからないけど、これは現実の世界よ。

それが、あなたの住んでいた世界と同じ世界かどうかは、私にはわからないわ」

「そ……そうですか」

颯汰は、余計に頭が混乱してきた。あまりのショックに頭痛がする。

それでもまだ、にわかには信じられずに、目だけをキョロキョロさせて隠れて撮影しているかもしれないカメラやスタッフを探していた。

もちろんカメラらしきものやそれらしき人は見つからない。

困惑した表情をしている颯汰に、追い打ちをかけるようにカウンターに戻った希の声が耳に入った。

「それにしても、今頃、和也はどのあたりを旅しているのかしら」

颯汰は、頭を殴られたような衝撃を感じた。希が口にしたのは、映画の中の主人公の名前だ。

何が起こっているのかはわからないが、どういうわけか自分は映画の世界の中に入り込んでしまっているようだ。

とっさに浮かんだのは、

「どうして、こんなことになったのか」

でも
「何が起こっているのか」

でもなく
「もとの世界には戻れるのか？」

という心配だった。

「保科〜！」

戸惑う颯汰の姿を見かねてか、希の行動を咎《とが》めるような声を、眼鏡をかけたサラリーマン風の男、本庄和宏《ほんじょうかずひろ》がかけた。保科希は、苦笑いをして、舌を出した。

「大丈夫よ。冗談。ちょっとあなたをからかっただけよ」

本庄のすぐ隣にいた、ショートボブの女性、篠宮香代子《しのみやかよこ》が颯汰に言った。

「冗談……？」

「そうよ。あなたがあの映画を観たって言うから、彼女にからかわれたのよ。でも、安心して。ここは映画の中じゃないわ」

言われて颯汰は正気に戻った。そもそも映画の世界に入り込むなんて、そんなことはあり得ないのだ。それに自分は意識もハッキリしている。篠宮香代子に言われて少しだけ安心したが、それにしてもわからないことはある。

「そうなんですね……。でも、ここはあの映画のセットの中じゃないんですか。それならここはどこなんですか……みなさんは……」

「そうね。ちゃんと説明するには時間が必要だけど、ここはセットではないわ……。とにかく今は横になっていた方がいいわ」

香代子は優しく言った。

「あ、はい……」

その言葉に甘えて、横になろうとしたとき、別の声が颯汰の動きを止めた。

「ああ、もう……面倒なことになるから、放っておけって言ったのに、本庄がお節介だからだぞ。これじゃあ、話が進まねぇじゃねぇか」

声の主は、葉巻を吸っている男だった。苛立《いらだ》ちを隠そうともせずに、手振りを交えて、颯汰が「厄介者」であることをそこにいるみんなに伝えた。

颯汰は、肩をすくめた。

「ほっとけるわけないのは、お前にもわかっているだろ」

バーテンダーの御堂が声をかけた。話し方から、相手は客ではなく友人だということがわかる。

「大丈夫だよ。あいつは、口は悪いけど中身は悪い奴《やつ》じゃない。君に対して迷惑だって言ってるわけじゃないから。ほら、横になりな」

眼鏡をかけた本庄は、颯汰のもとへ歩み寄ると、笑顔で颯汰の肩に手を触れて、ソファに横になるように促してくれたが、

「いや、もう大丈夫だと思います」

と返事をして、ソファに座ったままでいた。

葉巻の男、熊谷謙治《くまがいけんじ》は、舌打ちをしてそっぽを向いたが、そこにいる人たちは、誰も、そのことをあまり気にする様子を見せなかった。

本庄は颯汰が座っているソファの、テーブルを挟んだ反対側に座った。

「君は高校生かな？」

「はい。高三です」

颯汰はゆっくりとうなずいた。

「これから、誰かと約束を？」

颯汰は、今度はゆっくりと首を横に振った。

「彼のその格好で、誰かと約束をしているって思うかい？」

和服を着ている月代漸登《つきしろぜんと》がからかうように言った。

「漸登は黙っててくれよ」

本庄和宏が、月代に向かってそう言うと、颯汰の方を向いて話を続けた。

「なるほど……としたら、受験勉強で夜更かしして、昼前に起きて……」

颯汰は、本庄の話に少しだけ首を動かしながら反応している。

本庄は、颯汰の反応を見ながら、自分の予想を続けた。

「あの方向から来たということは、緑町あたりから」

「東新町です」

「なるほど、東新町あたりから自転車でやってきた。昼食を摂りに……かな」

「はい」

本庄は、颯汰の返事を聞くと、クルッとふり返って、声を上げた。

「どうだ。俺も推理小説かなんかが書けそうじゃないか」

視線の先にいる、和服の月代が苦笑いをした。

「さあ、どうだろう」

本庄は、颯汰の方に向き直って話を続けた。

「意識は戻ったとはいえ、外は灼熱だ。今すぐ外に出るのはまだ危険だろう。ここで何か食べていくといい」

「本庄！」

熊谷が、勘弁してくれよというジェスチャーとともに、声を上げたが、本庄だけでなく、みながそれを容認している顔をしている。熊谷は諦めたように、ため息をひとつついた。

「おいおい……本気かよ」

「もう作り始めてるから、もう少し待ってくれればできるよ」

バーテンダーの御堂が、バーカウンターの中から声をかけた。どうやら、サンドイッチを作ってくれているらしい。

「あ、ありがとうございます」

颯汰は、熊谷の視線を気にしつつ、御堂に礼を言った。

目の前に座っている本庄和宏は、その様子を見守るようにして、一呼吸置いてから話を続けた。

「さて、君の食事ができるまで少し時間があるようだから、今度は君の質問に、僕が答えるとしよう。いろいろと聞きたいことがあるようだしね」

颯汰は、まだ状況がよく飲み込めず、何を聞いていいのかもわからないほど、混乱していた。

「ええと……わからないことだらけで、何を聞いたらいいかわからないんですけど……」

言葉を繋《つな》ぎながら、とにかく頭に浮かんでくる質問事項をぶつけ続けるしかなさそうだ。

「ここはどこですか……」

本庄は微笑んだ。

「君が言ったように、ここはLadybirdというバーだよ」

「はい、それはわかるんです。映画で見ました。そのバーにどうして俺がいるんですか。ここは、俺が倒れた場所から近いんですか?」

本庄はゆっくりとうなずいた。

「ここは、実は秘密のバーなんだ」

「秘密のバー？」

熊谷の舌打ちがまた聞こえたが、本庄はお構いなしに話を続けた。

「そう。このお店の存在は、この近所の人でもあまり知らないのさ。君は、東新町から駅に向かう坂道の途中で倒れたんだが、その道はよく使うのかい？」

「いいえ……通学で使わないのでそれほど頻繁には……でも、地元なのでもちろん普通に使いはしますけど」

本庄は満足げにうなずいた。

「そうかい。気づかなかっただろうが、このお店はその道沿いにあるんだ」

「え？」

颯汰は単純に驚いた。自分がよく知っている道沿いにこのお店はあるというのだが、思い当たる店などはなかった。

「驚くのも無理はない。でも、このお店を見て不思議に思うことはないかい？」

「不思議に思うこと……ですか」

颯汰は、本庄にそう言われて、店を見渡してみた。確かに、先ほどからずっと何となく違和感があるのだが、ハッキリとはしない。やはり、バーの棚に本が詰まっていることに対する違和感なのか。ただ、正解はそれではないような気がする。

「わからないかい。よし、じゃあ君が、もう立てるようならこのお店を外から見てみるといい」

「外からですか……」

そう言いながら、立ち上がろうとした瞬間、颯太は本庄の言う「不思議」とは、そして自分がずっと覚えていた違和感とは何なのかに気づいて、思わず声を上げた。

「あ！」

「わかったようだね」

「はい……この店には……出口がない……です」

「そう。その通り」

「そんな……どうやって入るんですか」

「それは、この部屋を出るときに教えてあげるよ。でも出入口がないってことは、当然、外からもこの店の存在はわからない。ここはね、存在を知っている人しか入れないお店なんだよ」

颯太にとってはそんな店の存在も、経営の仕方も衝撃的だった。

そして、自分が何度も映画の中で見ていたお店が、自分の家の近くにあるということに興奮した。

父の信一が知ったら、どれだけ興奮するだろうか。何しろ、あの映画に対する思い入れは颯汰と比べものにはならないほど強いし、自分もあんなバーで飲んでみたいとすら言っていたのだ。

「おい！　あんまりペラペラしゃべるなよ、本庄」

熊谷のイライラした声が飛んでくるが、本庄は表情ひとつ変えずに颯汰の方を見ていた。

「彼をここに、運んだ時点で、ちゃんと説明してあげなきゃいけないのは決まっていたのよ。本庄君が悪いんじゃないわ」

篠宮香代子が熊谷を牽制《けんせい》した。

颯汰は、相変わらず周囲を見渡してみながら、この店への入り口を探していた。見当たらないということは隠し扉になっているのだろうか。

同時に、本庄の言った「秘密」の意味がわかったような気がした。

ようは、この店の存在自体、常連しか知らないのだ。

「さっきよりは、何となく状況を飲み込めてきたみたいだね」

本庄は、キョロキョロしている颯汰に言った。

「はい……俺は知らなかったけど、このお店は俺の家の近くにあって、そのお店を使って、あの映画の撮影が行われたということですか？」

本庄は、静かにうなずいた。

「それは、わかったんですが……あの映画に出ていた人たちがどうしてここに揃っているんですか?」

颯汰は、遠慮がちに聞いた。

「チッ、揃ってなんかいねぇよ」

舌打ち交じりの熊谷の小さな声に、颯汰の背筋は伸びた。

颯汰は、助けを求めるように本庄の方を見つめたが、本庄も下を向いている。颯汰は、映画のオープニングシーンをもう一度思い返してみた。

「あ……」

颯汰の上げた小さい声に、熊谷以外の五人が颯汰の方を見た。

「一人、いません。あの映画のオープニングでは、あのイスに座って、一人で本を読んでいる人がいたのに」

颯汰は誰も座っていない一人用のソファを指さした。

「君、本当によくあの映画のことを知ってるね」

本庄は感心したようにつぶやいた。ところが……、顔は笑っていたが、その表情はどこかさみしげだった。

「はい、父がそこにいらっしゃる、保科希さんの大ファンなもので……」

希はふり返って、颯汰に笑顔を向けた。

「お父さんにありがとうって伝えてね」

颯汰は会釈をして応えたが、保科希の雰囲気は先ほどの、演技をして颯汰をからかおうとしていたものとはうって変わって、とても優しい雰囲気だった。

ところがその後、誰も口を開こうとはしなかった。

颯汰は、目だけを動かして一人ひとりを見ていったが、颯汰にそれ以上の状況を説明しようとする人は誰もいなそうだ。やがて、御堂がカウンターの中から出てきて、颯汰の方に歩み寄った。

「はい。食欲があるかどうかわからなかったから、比較的喉を通りやすいＢＬＴサンドとフルーツサンドにしておいたよ」

「あ、ありがとうございます。でも、お代は……」

「これも、いらないよ」

そう言うと、御堂は、手振りで食べるよう颯汰に促した。

熊谷の視線を気にしながら、言葉に甘えていいのか戸惑っていたが、せっかく作ってもらったものに手をつけないわけにもいかないだろう。颯汰は、手を合わせると、少しだけ頭を下げて、小さい声で「いただきます」と言ってから、フルーツサンドに手を伸ばした。

口に入れると、新鮮な果汁があふれ出て、飲み込む前から身体の中にしみこんでいくような気がした。一緒に挟んであるクリームも甘すぎず絶妙なバランスで美味《うま》い。まさに、生き返るようだ。お腹《なか》がすいているという意識はあまりなかったが、身体がそれを求めるように吸収していく。ひとつを口の中に入れ終えると、すぐに手を伸ばして、もうひとつフルーツサンドを手に取った。

「お腹がすいていたんだな。こういう暑い日だからこそ、朝ご飯をちゃんと食べて外に出ないとね」

颯汰はほおばった口をせわしなく動かしながら、うなずいた。

「君、名前は？」

御堂が聞いた。

「桜山……」

そこまで言って、口の中のものを飲み込んだ。

「颯汰です」

「そうか、よし、颯汰君。ここにいる人たちについて僕が説明しよう」

「私が説明するわ」

御堂のうしろから、保科希が声を上げた。

熊谷が意外そうな顔をした。

「お前もさっきは『こんなときに限って』って迷惑そうに言ってたじゃないかよ」

「気が変わったの。こんなときだからこそ、何かの縁だと思うことにしたわ」

颯汰は、テニスのラリーを見る観客のように、話の主を交互に見やるしかない。

保科希は、本庄と並ぶように、颯汰の前に座った。

「私たちは、秘密の会を結成している仲間なの」

「秘密の会……?」

「大袈裟《おおげさ》に言うなよ」

本庄が笑った。

「大袈裟じゃないわ。本当のことよ。メンバーは七人。ここに集まっている六人と、あなたが言ったように、もう一人、いつもあそこで一人で座って本を読んでいた人」

希は、誰も座っていない背もたれの高い革張りの一人がけソファを見た。その視線につられて本庄もソファを見ている。颯汰も自然とそちらに目が行った。

「私たちは、年に一回、同じ日に、ここに集まって秘密の会を開いているの。だけど、その一人が、メンバーから抜けてしまったの。だから、この会を続けるのか、それとも解散するか。この秘密の会のこれからのことを話し合うところなのよ」

「はい……」

と颯汰は返事をしたものの、「秘密の会」「メンバーから抜けた」など、ちょっと怪しい雰囲気ではある。果たして聞いてしまってよかったのか、ちょっとだけ恐《こわ》くなったが、集まっている人たちの雰囲気は、葉巻の男以外は、恐い感じはない。むしろ、感じのいい人たちのように見える。

「あの……そんな秘密の会に僕がいて、大丈夫なんでしょうか」

颯汰は、恐る恐る聞いた。

希は笑顔を作った。

「大丈夫よ。でも、秘密だから誰にも言っちゃダメよ。もちろんお父さんにも……」

「わかりました」

ちょっと緊張して、颯汰は答えた。希がうなずく。その様子を見て、本庄がさらに説明を加えた。

「秘密って言ってもそんな大それたもんじゃないんだ。そんなに緊張しなくて大丈夫だよ。ようは、僕たち仲間内だけで誰にも言わないって約束をしたんだ。ただそれだけなんだけど……」

「ただ、『秘密』って響きがいいでしょ。仲間内で楽しんでいるうちに、本当に誰にも言わないまま、33年が経《た》ったの」

「はい……」

颯汰はただうなずきながら話を聴くことしかできなかった。

「そろそろ、君の疑問にも答えてあげないとね。あそこにいる人」

希は少し離れたところに2人で座っている、和服の男性と、ショートボブの女性の方を指し示した。

「彼の名前は、月代漸登。聞いたことは？」

颯汰は、首を振った。

「そう。まあいいわ。彼は、ベストセラー作家。約20年間、たくさんの作品を書いてきたのよ」

「そうなんですか」

月代は軽く右手を挙げて、あいさつをした。颯汰は頭を下げた。

「映画化された作品もいくつかあって、あなたが観たあの映画も、原作は彼よ」

「そうなんですか⁉」

颯汰は、同じ驚きの声を上げて、もう一度月代の方を見た。

「彼が書いた原作が、映画化されて、その映画を撮ったのが監督の二階堂肇《にかいどうはじめ》という人。聞いたことは？」

「いいえ……」

颯汰は、首を振った。

「そこに座るべき人よ」

希は、誰も座っていない、一人がけのソファを見た。

「ということは、その二階堂さんがもう一人のメンバーってことですか？」

希は、ゆっくりとうなずいた。颯汰は、自分がテレビや映画でよく見る女優さんと話をしていることが、不思議でたまらなかった。こんな事態をほんの一時間前、起きたばかりの自分は想像すらしていなかった。

「そうよ。そこに出演していたのが私ってわけ」

「ということはみなさん役者さんということですか……」

希は、首を振った。

「そういうわけではないわ」

「僕は普通の銀行員だし、彼は工務店の社長だよ」

本庄が、葉巻の男を指し示しながら言った。

「デザイン事務所って言えよ」

熊谷が不機嫌そうに言った。

「そうだった、そうだった。熊谷建築デザイン事務所の社長」

本庄は笑って言い直した。

「彼だって、決して普通の銀行員じゃないわ。大手都市銀行の支店長よ。本庄君と、熊谷君よ」

希が名前を教えてくれた本庄はテーブル越しに手を伸ばしてきたので、颯汰は握手をした。熊谷という男は、首をこちらに向けるのすら面倒くさいとでも言いたげに、苦い顔をしたまま葉巻を吹かしている。

「その映画の撮影に、このバーを使うことになって、せっかくだからって二階堂君が、この秘密の会のメンバーをエキストラとしてオープニングで登場させてくれたの。あなたが観たのは、その映像よ」

「だから、そのあとは、保科さんしか映画に出てこないんですね」

希は満足げにうなずいた。

「だいぶ状況が飲み込めてきたみたいね。そして、彼がこのバーのマスターの御堂君」

すでにカウンターの中に戻って、グラスを拭いていた御堂が手を挙げた。

「どうも」

「え？　御堂さん……ってことは、もしかして……」

颯汰は驚きの声を上げた。

御堂は、一瞬微笑むと、背面の棚にさしてある一冊の本を傾けた。

「ガチャリ」という音とともに、カウンター横の本棚がゆっくりと動いて、できた隙間から、薄暗い電球色の照明だけがついていたバーの店内に、夜明けを迎えたような、まぶしい光が差し込んできて、店の中の雰囲気がガラッと変わった。

扉が開ききると、目が慣れてきて、颯汰にも扉の向こう側の景色が見えた。

「御堂書店……」

颯汰は、書店の名前を口にした。

「このバーは、その本屋の本棚の裏側にあるんだよ」

御堂はそう言うと、すぐに本棚でできた隠し扉を閉めた。

部屋の中は、先ほどとは全く違う、大人の雰囲気のバーにまた戻った。

結成秘話

御堂書店は、颯汰の街に昔からある本屋だ。

坂道を登り切ったところから、駅に向かって続く、音無フラワー商店街。

通りは車道と歩道に分かれていて、歩道の部分には屋根がついているが、坂を登り切った、その商店街の入り口の端にあるのが御堂書店だ。

本屋としての規模はそれほど大きくはない、いわゆる普通の、昔からある本屋さんなのだが、店内には「御堂書店さん江」と書かれた、作家や芸能人のサイン色紙が何枚も飾られている。

颯汰も幼い頃、何度かこの本屋を訪れたことがある。父が連れてきてくれる本屋はいつもここだった。だが、いつからか中に入ることはほとんどなくなった。

駅の反対側に行けば、最近できた大型ショッピングモール内に大きな書店がある。

考えてみれば、最近はそっちの大きな本屋にしか行っていない。

他人事《ひとごと》ながら、それができたとき以来、この店の前を通るたびに、

「この本屋も、大変だろうなぁ」

なんて思っていた。

その店の奥にこんなバーがあるなんて颯汰は考えもしなかった。

それも、自分が映画のワンシーンで見た、そして、父の信一が何度も見ているまさにその場所が、これほどまでに自分の家に近い場所にあったなんて。

「ちょっと、希世子。そこまで話したんなら、私のことも紹介してよ」

まだ紹介されていない、もう一人の女性が、希の背中に声をかけた。

「ゴメン、ゴメン」

希は、笑いながら手を合わせた。

「最後の一人が、彼女。篠宮香代子。彼女のことは聞いたことある？」

颯汰は首を振った。綺麗《きれい》な格好をしていて、見た目に気をつかっていることもわかるが、有名な人なのだろうか。

「男の子は、知ってる方がおかしいよ」

香代子の、希に対する突っ込みが入る。

「そっか。彼女は今、女子中高生に人気の洋服ブランド『フィサリス』を立ち上げたオーナーよ」

香代子が着ている白いノースリーブの胸元についた、赤いランプのような刺繍《ししゅう》を見て、颯汰は思い出した。確かに、女子たちはあれと同じ刺繍が胸元に入ったベージュのベストを、制服のシャツの上に着ている。あのブランド名が確か「フィサリス」だったような気がする。首のうしろにワンポイントで小さく入る、小悪魔みたいな鬼の刺繍が「かわいい」と評判だ。

香代子は、颯汰に笑顔を向けた。

ここがどこで、この人たちが誰かがわかることで、颯太にも状況の整理がだいぶできてきた。

「それにしても、本屋さんの奥に、こんな場所があるなんて……驚きました」

颯太は、あらためて店の中を見回してみた。

「近所の人でも知っている人は、ほとんどいないからね。ここは、本当に信用できる友人だけに開放しているお店なんだよ」

御堂が説明した。

「信用できる……？」

「平たく言うと、秘密が守れるってことかな」

「こういうお店は、私たちにとって貴重なの」

保科希が言った。

「このお店は一見《いちげん》さんが飛び入りで入ってくることがないから、女優、俳優、作家とか著名人が結構集まるんだよ。このお店なら『誰々が、今お店に来てるぞ』なんて、携帯でつぶやかれることもないって安心してね。だから、このお店には、そういった秘密が守れる人を選んで、紹介だけで連れてきてもらう。ネットやテレビに情報を漏らさないと約束ができる、信用できる友人だけをね。今の世の中、ネットにも情報が載らない店なんて本当に少ないんだ。君は、仕方なく店に入れたけど、秘密を守れる人かな？」

御堂が颯汰の顔をのぞき込むように表情をうかがった。

「は、はい……誰にも言いません」

希が、クスッと笑った。

「今の時代、あらゆる情報がすぐにネットにアップされてしまうでしょ。そういう気遣いなしに、いられる場所って私たちにとって貴重なのよ」

颯汰にも、何となくその気遣いの面倒くささがわかる気がする。

帰り道に友達とした何気ない会話が、ラインで共有されていて、次の日に学校に行ったら、同じクラスのみならず、別の学年の奴《やつ》まで知っていたりして驚かされることがある。そのたびに、滅多なところで、滅多なことは言えないと思うのだが、女優さんや俳優さんともなると、そのリスクは、自分の比ではないだろう。現に、御堂のこの話がなければ、颯汰も、ここを出た瞬間に、

「すごい店、見つけた」

「御堂書店の奥、すごい！」

「女優の保科希と話した」

「作家の月代漸登に会った」

「フィサリスのオーナーと話した」

などなど、つぶやいて発信したであろうことが容易に想像できる。それらすべてを秘密

にできる人しか、この店には入れないのだが、そういった秘密を守ることができるのなら、入れてもらえるということでもある。

そこまで考えて、自分もこの店に入ることが許されるのだとしたら……と夢想した。今日は会えなかった芸能人なんかも、別の日にはここで会えるかもしれない。もちろん、まだ未成年だからバーに来るなんてできないが、もう二年ほど経《た》って、お酒が飲める年齢になったら、凪早を連れてきたりして……きっと驚くだろう……。

「これで、あなたも、私たちと同じ秘密を共有したわけね。どう？　秘密って……何だか楽しいでしょ」

颯汰は、ドキドキした。

「はい……」

颯汰は素直に自分の思っている通りの返事をしたが、実は颯汰は、秘密を守れた試しがなかった。

「絶対、誰にも言っちゃダメだよ」

という前置きがあって自分のもとにやってくる情報は、その前置きごと颯汰も誰かに伝えてしまう。

自分では口は堅い方だと思っていたが、思い返してみると、話す相手を凪早に限定しているだけで、ほとんどすべてを話してしまっているのかもしれない。ただ今回は、そんな高校生同士の秘密よりも、もっと大きいというか、ちょっと感じたことがないプレッシャーを颯汰が感じるほどのものだった。万が一、この秘密を漏らしてしまった場合は、果たしてどうなるのだろうか……きっと、ここが秘密の場所ではなくなってしまうだろう。そのせいで、ここが好きで安心して集まっていた、保科希のような女優さんや俳優さんは来なくなってしまうだろう。そうなると、ここの営業は続けられなくなっていく。軽い気持ちでとった行動が、どんなことになっていくのか想像もつかない。

そんなことを考えているときに、先ほどの、メンバーから抜けた二階堂という人のことが気になった。彼は、その秘密をバラしてしまったんじゃないか……。

「あの、さっきの話に出てきた、そのソファに座って本を読んでいた二階堂さんですが、どうしてメンバーから抜けることになってしまったんですか……」

颯汰は、目の前にいる希と本庄の顔色をうかがいながら、恐る恐る聞いてみた。

二人とも目を伏せて笑顔を作った。

不思議とその笑顔からは、悲しみしか伝わってこなかった。

颯汰は、触れてはいけないことを聞いてしまったのかもしれないと思い、他の人の様子をうかがったが、目を合わせてくれる人はいなかった。居心地の悪い沈黙が続いた。きっとほんの数秒だったにちがいないのだが、颯汰には数分ほどにも感じられた。

「これを見てみなよ」

本庄が、大きめの画面の自分の携帯を差し出して、ネットニュースを見せてくれた。

【訃報】

映画監督で演出家でもある二階堂肇さん（48）が膵臓《すいぞう》がんで死去。

記事は延々と続き、今映画界で注目を集めている若手の監督が、これからというタイミングでこの世を去り、各方面から彼の死を悼む声が上がっている様子を伝えている。先月のことらしい。精力的に活動をしていて、身体《からだ》の異変を訴えて検査をしたときにはもう手遅れだったと記事にはある。病気がわかってほんの数週間で、彼はこの世を去った。颯汰は、指で画面をスクロールし、記事に一通りさっと目を通すと、携帯を本庄に返した。

「すいません……」

「君が謝ることじゃないよ」

本庄は優しく言ってくれた。

「二階堂君は……」

希は、堪《こら》えきれなくなって、涙を流した。

「私たちにとって……未来を照らしてくれる……太陽みたいな……」

そこから先は、涙があふれ出し、嗚咽《おえつ》で言葉を発することができなくなってしまった。

静かに香代子が歩み寄り、希の肩を抱いた。沈痛な想《おも》いが支配するその場の空気は、どんよりと重く颯汰の肩にものしかかり、身動きがとれなくなってしまった。ただ、颯汰一人がその気持ちを共有できずに、どう反応していいのかがわからない。

しばらくそのままの状態が続き、希は少しずつ落ち着きを取り戻していった。

ようやく話せる状態まで戻ると、希は香代子の手を握ることで、「もう大丈夫」ということを無言で伝えた。

「ごめんね」

希は颯汰にも謝った。

「いえ……全然」

希は鼻をすすると話を続けた。

「この秘密の会はね、二階堂君が発案して始まったの……」

「保科！　もういいだろう」

奥から、熊谷の声がした。

「兄ちゃん。もう良くなったんなら、いつまでもそこに座ってねえで、早く帰んな。状況はわかっただろ。俺たちは、これから大事な話し合いをしなきゃならないんだよ。わかるだろ」

熊谷の言葉からは、怒りと苛立《いらだ》ちをできる限り抑えて丁寧に話そうとしていることが、颯汰にも伝わってくる。颯汰は思わず席を立った。

「あ……あの、すみませんでした。俺、もう大丈夫ですから……お世話になり……」

「ちょっと待って」

希も立ち上がって、颯汰の両肩に手を乗せた。

「いいから座って」

そう言うと、希は熊谷の方を向いた。

「熊谷君、ごめんね。でも、この話はしておかなければならないの」

不思議そうな顔をしたのは、熊谷だけではなかった。

「あとでみんなにもわかるように説明するわ。でも、今は、この子にこの会の話をさせて欲しいの」

熊谷は、何か言いたげに表情をこわばらせたが、フンと鼻息を鳴らすと、ライターを手に取り「コキーン」という音を立てて、消えかけた葉巻に再び火をつけた。

「保科がそう言うなら仕方ない……って言ってるよ」

本庄が、微笑《ほほえ》みながら熊谷の態度を通訳した。

「ありがと、熊谷君」

希は笑顔を向けた。

「そういうわけだから、もう少し付き合ってちょうだい、桜山……」

「颯太です」

希はうなずいて、オウム返しにその名前を言った。

「颯太君」

颯太は、どうしていいかわからず、ただ、言われるがままに、帰ろうとしたり、残ろうとしたりするしかなかった。残って話を聞けと言われれば、聞くしかない。

★

「えー、それでは、今後の流れですが、あと20分ほどで、えー、今回の読書感想文大会のために特別審査員としてお呼びしている作家の塚山信彦先生がいらっしゃいます。えー、せっかくの機会なので、みなさん、塚山先生とあいさつできる時間を5分だけいただいています。えー、そのあとは、会が始まるまでホールの一番前の席をみなさん用に空けてありますので、そちらで待っていただくことになります」

大聴衆に向かって演説するような話し方で、七人の中学生に説明する教育委員会の人の話に、七人はバラバラにうなずいた。ほとんどが違う学校の生徒同士ということもあり、それぞれが微妙な距離をとって、控室全体に広がっている。

「えー、じゃあ、先生の到着まで、この部屋で待っていてください。発表は緊張するだろうから、ここで練習していてもいいですよ」

そう言い残すと、教育委員会の人は控室から出て行った。

天井からぶら下がっているテレビモニターには、会場のホールの様子が映し出されており、チラホラ人が入り始めているのがわかる。

「塚山信彦先生って知ってる？」

本庄和宏が、同じ中学の篠宮香代子に聞いた。

「知らない。有名なのかな」

「さあ……？」

同じ橘《たちばな》北中学の制服を着た者同士の小声の会話は、違う学校の者へと広がることはなく、控室には微妙な空気が流れていた。松門中学から一人だけ参加している希世子は、その作家の作品を読んだことがあったが、

「私、知ってる」

とは言い出せないまま、自分のスピーチの原稿に目を落としていた。

「ちょっといいか」

重くよどんだ空気を、吹き飛ばすような、明るく元気な声が控室に響いた。

「俺、みんなに話があるんだよ」

声の主は、二階堂肇だった。

「何だよ急に」

同じ橘南中学の熊谷謙治が苦笑いをした。また、始まったとでも言いたそうな顔をしている。

「いいから、みんなちょっと聞いてくれるか」

急な提案に、最初はそれぞれが顔を見合わせていたが、特に断る理由もなく、みんな肇の顔を見た。

みんなの視線が集まったことに満足したようにうなずくと、肇は目を活《い》き活きと光らせながら顔に満面の笑みをたたえた。その表情を見ていると、誰もがつられて徐々に笑顔になっていく。どれくらいそうしていただろう。ほんの数秒だったかもしれない。とても意外な、そして絶妙としか言いようのないタイミングで、肇は口を開いた。

「俺、みんなと秘密結社を作りたいんだ。どう？」

希世子は、昨日のリハーサルのあとに「続きは明日だ」とつぶやいた肇の表情を思い出した。これが、その続きというやつか。

誰もが、肇の言っている言葉の意味がわからず、反応に困っていた。まず、秘密結社って……何だ。それを「どう？」って言われても。

肇の表情は、変わらなかった。嬉《うれ》しそうで、目は輝いている。不思議と冗談を言っているようには見えない。誰かが、何か反応をしてくれるのを待っているようだ。

「カカカカ……！」

小さく笑い始める奴がいた。熊谷謙治だった。

「秘密結社って何だよそれ？　戦隊ものの悪の組織以外でその言葉を口にした奴、俺初めて見たわ。お前、何？　俺らで世界征服でもするつもりなのか？　カカカ……」

本庄和宏と篠宮香代子も小さい声ではあるがつられて笑い始めた。希世子は、真面目に聞こうとした自分がバカらしくなって再び自分のスピーチ用原稿に目を落とした。

「まあ、笑いたくなる気持ちはわかる。俺でも笑うと思う。でも、昨日一日考えて、結構真面目にそう思ってるんだよ。この七人で秘密結社が作れないかなって」

「だから、何だよ、秘密結社って。作って何すんの」

相変わらず熊谷は笑っている。

「決まってるだろ。世界を変えるんだよ」

希世子は、もう一度チラッと肇の顔を見た。肇の顔に笑顔は浮かんでいるものの、表情は真剣そのものだった。

「何すんの？　俺らで悪の限りを尽くすの？」

熊谷謙治が茶化すように言った。

「まさか」

肇は首を振った。

「その逆」

「逆って何だよ」

謙治が苛立ちを隠さず聞いた。

「俺たちで、世の中をよく変えるんだ」

「どうやって？」

「簡単だよ。やりたいことをやって、俺たちの夢を実現して生きるんだよ」

肇のその言葉に、薄笑いを浮かべていた面々は、表情を変えた。

その言葉には、力強さと、明るさ、そして何よりも強い魅力を感じる。そんな不思議な話し方だった。謙治も少しだけ目が輝いているように見える。

「そのための、秘密結社だ」

「イマイチよくわかんねえよ」

謙治は肇の突拍子もない提案を否定しているわけではない。続きを説明するように促している。希世子にはそう感じられた。

「昨日のリハーサルで、それぞれが読書感想文を読んだろ。あの中に、少なからずみんな将来の夢を書いていたじゃない」

「あんなもん……」

謙治は鼻で笑った。

「謙治の言いたいことはわかる。本気で書いてないって言うんだろ。俺もそうだ。まあ、みんなあんなもんは建前だよ。かっこいいこと書いてるけど、本当は夢がなかったり、恥ずかしくて人に言えないようなもんだったり……」

希世子は、自分のことを言われているような気がしてドキッとした。作文の中では、将来、日本文化を海外に発信するような仕事に就きたい。そのために、歴史と英語をしっかりと勉強したい。と自分の将来の夢を語っているが、本当のところは、女優になりたいと小学校六年生あたりから思っている。それも、文化を発信するとか立派な理由ではない。単純に自分がそうなりたいだけだ。もちろん誰にも言ったことはない。誰かに言ったら、

「お前が？」

とバカにされたり、

「自分のこと、かわいいと思ってるんだ？」

と嫌味を言われたり、冷やかされたりすることが目に見えている。

もちろん、明言しないのは、なれなかったときのための予防線という意味もある。

「え？　それって俺だけなの？」

屈託のない笑顔で問いかける肇の笑顔につられて、多くが首を横に振った。

「だろ。俺、正直に言うわ。作文の中では、将来は環境問題の大切さを訴える活動を……みたいなこと書いてるけど、ホントは映画監督になりたいんだ……誰にも言ったことない

けど」

「マジ……」

謙治が驚いた顔をした。

「ああ、マジ。でも、映画監督になるのが夢じゃないぜ。映画監督になって観《み》る人を感動させるような映画を撮りたい。美しい映画をたくさん作ってさ、映画を観て人生が変わったって人がたくさんいるような、そんな映画が撮れる監督になりたいんだ。もちろん、まるっきり環境問題に関心がないわけではないよ。だから、嘘《うそ》ってわけじゃないんだけどさぁ……まあ、模範解答的に書くだろ、ああいうものって」

「まあな」

謙治も恥ずかしそうに頭をかいた。リハーサルで聞いた謙治の内容は確か、日本に存在する放置人工林の問題を解決するために、自分が日本の木材を世界に……みたいな内容だったと、希世子は思い出した。

「でも、正直あまりにも夢が大きすぎると、実現できるかどうか、自分でも自信がなくなってくるっていうか……だから人にも言えないし……」

いつの間にか、話に引き込まれて、違う中学からきた肇と初対面の五人も肇の話にうなずいている。

希世子も無意識のうちにうなずきながら話を聴いていた。

「でも、昨日初めてひとつだけ、方法を思いついたんだよ。俺の夢を実現する方法……俺のって言ったけど、実はみんなのなんだけどな」

希世子は、肇が、

「スゲエよ。これは」

と言っていたのを思い出した。

「それが、秘密結社かよ」

謙治があきれるように言った。

「うん」

肇は即答した。

「昨日、舞台の設営を手伝わされただろ。あのときにわかったんだよ。俺たち七人で、一人では持ち上げられないほど大きなものを七つ運んだじゃないかって。あれが、それぞれの夢ならって考えたんだよ。一人がひとつずつとてつもなく大きな夢を持っていて、それを動かそうと必死なんだけど一人の力じゃどうしたって動かない。それを七人がそれぞれやっていると、何日経っても、何年経ってもひとつも動かせないままだろ。下手をすると、何十年経っても無理かもしれないんだ。でも、七人で一緒になれば、全部を動かし終わるのに10分もかからなかったんだぜ」

肇は、目を輝かせながら、熱く語った。希世子は、昨日のことを思い出した。同じことを経験しながら、自分は何も感じなかった。ところが二階堂肇には全く別の未来が見えていた。希望の光と言ってもいい。

「お前、やっぱり考えることが普通じゃねえな。俺、みんなで重い荷物を運ばされて面倒くせえってことしか考えてなかったぞ。一つひとつアホみたいに重かったってことしか記憶にない」

謙治が感心するように言った。

「俺たちは、それぞれに夢を持つだろ。そんで、それらは、それぞれが一生努力したって叶《かな》えられるかどうかわからないくらい大きな夢だとするよね。でも、七人が一人の夢の実現のために集まって、ひとつずつ叶えるのをサポートしていったら、七つの夢は結構早めに叶うんじゃないかって思ったんだ。どうだ。俺間違ってるかな……」

それぞれが、肇の言っていることを考えているようだった。希世子も考えていたが、間違っていることは何もないような気がする。

「面白そうだな」

最初に口を開いたのは、そこまでほとんど反応を示さなかった、小布木中学の田代漸登だった。肇が話し始めてから、謙治と肇の二人、つまり橘南中学以外の誰かが話に加わったのは、これが最初だった。肇は、一層嬉しそうな顔をした。

「だろ」

「でも、どうして秘密結社なの？」

篠宮香代子が加わった。

「それは、ほら、それぞれの夢はこの七人以外は知らないって方がいいじゃない。みんなにベラベラしゃべられると、こっちもどこまで信用していいかわからないだろ。大事なのは、信用できるってことだ。秘密を共有できるくらい信用できる奴同士じゃないとこのグループは意味がないんだよ。考えてみろよ。俺の説明は理屈は合ってるけど、それぞれの夢の実現に何年かかるかわからないんだよ。そしたら夢を実現した奴からさっさと抜けていってしまうってことだって考えられるだろ」

「確かにそうだな」

謙治が、うなずいた。

「だから、お互い信頼できる人同士じゃないと……だから秘密結社」

本庄和宏が思わず吹き出した。

「だから秘密結社、っていうのは飛躍しすぎてる気もするけど、俺は面白いと思うな」

「う〜ん」

謙治が考え込んでいる。

「言ってることはわかるし、肇の考えは相変わらずぶっ飛んでるって思うんだけどさ、どうして、この七人なわけ？　ぶっちゃけ、俺とお前と橘南中の仲いい奴らで作った方が早いだろ」

謙治は歯に衣着《きぬ》せぬ物言いをする。他の五人のことなんて考えずに、思いついたことを言った。

肇は首を振った。

「ダメだな。同じ学校の奴は近すぎる。秘密なんて三日と持たない。同じ市内の違う中学の奴ってのがいい距離感だと思う。それに……」

「それに？」

本庄和宏が合いの手を入れた。

「結成にはひとつのストーリーがあった方が劇的だろ」

希世子は、肇の言葉に鳥肌が立った。日常の中にストーリーを求める二階堂肇の考え方は中学生離れをしていて、「映画監督になりたい」という言葉は本気なんだと、瞬間的に感じた。

「近すぎてもダメだけど、何の共通性もないメンバーが集まっても意味がない。俺たちの共通点は？」

「同じ市内に住んでいる中学生で、みんな同じ学年」

和宏が言った。

「あと、読書感想文が学校で選ばれて、ここに発表するために集まってる」

香代子が加えた。

「そうそう。そうなんだけど。ほら、もう一息……」

肇は、正しい答えが出るのを待つ先生のように、全員を見渡している。

「みんな、同じ本を読んで感動した」

それまで一言も発しなかった、音無中学の御堂哲が口を開いた。

肇がパチンと指を鳴らす音が控室に響いた。

「それだよ！」

肇は嬉しそうな顔をした。

「俺はね、最初この課題図書、宿題だったから嫌々読んだんだよ。読書感想文のためだけにね。ところが、読み始めたら結構面白くって、最後は本当に感動したんだ。だから、適当に感想文を書くつもりだったのが、本気でそのときの思いをぶつけて書いたの。そしたら、選ばれちゃった」

肇が身振りを交えながら、説明した。

「実は、俺もそう……」

和宏が言った。横では香代子もうなずいている。

「俺だってそうさ。俺も肇も学校で本なんて読むキャラじゃねえからな。選ばれた俺もビックリ。でも、本を読んだときに『スゲェ』って感じたのは俺もホント。あの本読んで、初めて、なんで親が本読めって言うのかがわかったもんな」

謙治もみんなに説明するように言った。話している内容から察するに、謙治は頭に浮かんだことを、言葉を選ばずに話すせいで、当たりは強いが、斜に構えているからそうなるのではなく、案外自分に素直だからそういう態度になるのかもしれないと、希世子は感じた。

「ほら……」

肇は、更に嬉しそうに微笑んだ。

「みんな、同じ本を読んで、感動したんだよ。俺なんて、友達にも、ちゃんとこの本を読んで欲しいって思って薦めまくったんだ。そしたら、こいつは読んでくれて同じように感動してくれた」

そう言って、肇は謙治を指さした。

希世子は、目を見張った。自分も同じクラスの幼なじみに同じことをしたのだ。彼は読んではくれなかった。それでも諦めずに何度も薦めてはみたが、

「俺はいいよ。希世子、俺の代わりに感想文書いてよ」

の一点張りだった。

「でも、他の奴は、読みもしないで『何か、必死で薦められると逆にキモイ』って退《ひ》くんだよね。だから、考えてみたら、この七人の出会いは本当に貴重な機会だって思ったんだ。

同じ本を読んだ者同士にしかわからない、架空の世界の共通認識って言えばいいかな。そんなものを共有している、同じ時代に同じ街で育った俺たちって、やっぱりひとつの縁を感じるだろ」

肇の言葉に激しくうなずいたのは、哲だった。

「わかるよ。僕の家は本屋だから、結構たくさん本を読んできたけど、すごい本に出会うたびに『あの本面白いんだよ』って本当に大切な親友には教えてあげたくなる。でも実際そんな話をすると、みんなきまって面倒くさそうな顔をするんだ。本なんてつまんないって」

漸登も静かにうなずいている。肇はみんなの反応を見て、満足そうにうなずくと、

「どうかな……お互いの夢を全力で応援する。一人の夢の実現を全力で助ける。それを全員が夢を叶えるまで続ける。そんな秘密結社、俺たちで作らない？」

肇は、再度提案した。

みんなどこまで本気でそれをやろうと考えているのかわからない。でも希世子の目には、どの顔も、目に希望の光をたたえているように見えたし、何より、楽しそうだという期待に溢《あふ》れているように見えた。どうやらみんなの気持ちは同じらしい。

「僕、入るよ。その秘密結社」

最初に意思表示をしたのは、小布木中学の田代漸登だった。

「僕も……」

「僕も……」

と御堂哲と本庄和宏が続いた。

「面白そう。私も……」

と篠宮香代子。

「しょうがねえなぁ。っていうか、みんな秘密守れるの？　守れるってんなら俺も入ってもいいけど……」

熊谷謙治が言った瞬間に、肇は答えた。

「大丈夫。ここにいる人は信用していい。ねぇ」

希世子は、周りの反応を見るばかりだったが、四人とも結構真剣な目をしてうなずいていた。

「保科さんは？」

肇が、胸につけた名札を見ながら希世子に声をかけると、そこにいた全員の視線が希世子に集まった。

「私？　私は……」

「言っておくけど、もしも保科さんがやらないって言ったら、この会はなかったことになるからね」

肇は笑いながら言った。

「え！　そうなの？」

希世子は驚いた。

「そりゃそうさ」

「ど、どうしてよ。六人でやればいいじゃない」

「昨日のアンプ。六人じゃ持ち上がらなかっただろ。あれ、全員が力を出し切ったからギリギリ持ち上がったんだよ。六人じゃできないことも、七人ならできるってことがきっとこれから、何度もあるよ。それに、一人欠けるだけで、会の設立話の説得力が弱まるというか、幸先《さいさき》が悪いというか、ほら、『なるべくしてなった感』が落ちるだろ。不思議な縁で集まった七人って話がいいじゃない。七っていう数字も何となく、それらしいし」

肇は言葉を尽くして説明しようとしたが、自分でもあまりにも抽象的すぎると感じているのか、自分が抱いているその感覚を、直接言葉にすることができなくて歯がゆい思いをしているようだった。

「そういうストーリーが欲しいってことじゃないかな」

希世子の隣にいる和宏が小声で補足した。

希世子は、正直、面白そうだとは思った。自分の夢を実現するひとつの方法として、確かに、二階堂肇の言っていることは魅力的である。ただ、それを「秘密にする」ということが、心に引っかかっていた。

「この秘密結社に入るとしたら、あいつにも、秘密ってことだよね……」

心の中に、一人の少年の笑顔が浮かんだ。

みんなの笑顔が、希世子の「Yes」を待っていることがわかる。

この時点で、みんなどこまで本気なのかはわからない。きっと、みんなこの場のノリで、話に乗っかっているだけだろう。秘密結社と言いながらも、実際にできることと言えば、きっとお互いに連絡先を交換して、一度ファミレスか何かで食事をして……程度のつきあいになるんだと思うと、ここで大まじめに考えて場の雰囲気をしらけさせる方が野暮なことのように思えた。みんなも単純にノリを合わせて、この場の雰囲気を楽しんでいるに過ぎないだろうに……。

考えているうちに、希世子は、このお遊びのような提案を、自分一人だけが真剣に考えているような気がして、ちょっとバカバカしくなった。

「わかった。入るわ。でも、変なルールがあるならやめるかも」

肇は首を振った。

「そんなもんはないさ。秘密結社なんて名前が仰々しいのは、そっちの方がワクワクするからであって、お互いの夢の実現のために、お互いができるだけのことをやるって、それだけの集まりさ。抜けたくなったら、いつ抜けてもいい。それによる罰則なんて何もない。

それでどうだ？」

一同は、うなずいた。

「よし、じゃあ今、この瞬間から俺たちは、秘密結社の仲間だ」

みんな、イタズラ好きな子供っぽい顔をしてうなずいた。

「名前はどうすんだよ」

「え？」

謙治の質問に、肇は驚いた顔をした。

「まさか、考えてなかったの」

肇はコクリとうなずいて、キョロキョロ周りを見渡した。控室の窓の外には鉢植えが並んでいて、白い花がついている。

「あの、白い花は何？」

「どれ？」

全員が、窓のところに集まってきた。ひとつの窓に七人の男女が集まると窮屈だった。しかし、その窮屈さが、お互いの心の距離を物語っているようだった。ほんの十数分の間に、この七人は心の距離が一気に縮まった。実際に、これだけ窮屈な場所に昨日初めて会ったばかりの七人が肩寄せ合って、窓の外の白い花を見つめている。それだけで、みんなの心が弾んでいるのが伝わってくる。希世子にとっては不思議な感覚だった。

「さあ……ユリ？」

謙治が適当に言った。

「ヘヘッ……ユリじゃないのはわかる」

和宏が笑いながら言った。

「あれは、ホオズキだよ」

漸登が言った。

「うちの周りにもたくさん植わってる」

「ホオズキって赤じゃないの？」

香代子が聞いた。

「実が赤くなるのであって、花は白だよ」

漸登が言うと、肇が指を鳴らした。

「よし、ホオズキの会にしよう。会を結成したとき、その場所にはホオズキの花が咲いていたからっていうのもひとつのストーリーになる」

肇は嬉しそうに言ったが、誰もいい顔をしなかった。

「なんかさ、秘密結社っていうよりも、老人会の名前っぽくない？」

謙治の突っ込みに、軽い笑いが起こった。

「確かに……」

肇も素直に認めた。

「それに、ホオズキって漢字で書くとこうなんだよ」

漸登が鉛筆で手元の紙に書いた文字を、肇に見せた。

「秘密結社　鬼灯会」

希世子は思わず吹き出した。肇も苦笑いをしている。

「こっちはちょっと、やばい集団っぽいな……悪の組織にしか見えない……」

そのとき、どこから現れたのか、テントウムシがホオズキの白い花にとまった。

「テントウムシだ」

和宏が声を上げた。

「ホントだ」

哲が言ったが、それから声を出す者もいない。

みんなでただ、ホオズキの花にとまるテントウムシを見る時間が流れた。

「Ladybird……」

希世子がつぶやいた。

「え？」

肇がふり返った。

「テントウムシを英語でLadybirdって言うのよ……確か」

希世子の言葉を受けて、和宏が独り言のように言った。

「秘密結社Ladybird……か、悪くないね」

「それに……」

肇が興奮気味に声を上げた。

「そこにとまっているのは、ナナホシテントウだ。七つの黒い斑点がある。俺たちも七人いる！　これって、ストーリー的にはできすぎてないか」

漸登はゆっくりと鉛筆を手にすると、また手元の紙に字を書き始めた。

「漢字で書くとこう……どうかな。二階堂君が言ったこの会の趣旨にもぴったりのような気がするね」

一同は、漸登によって掲げられた字を見入った。

「七星天道」

誰も声を上げずに、その字を見つめていた。

七つの星は、ここにいる七人で、それぞれが天に通ずる道を見つけ出す。そんな会になるというイメージを希世子は持った。みんな同じことを感じているのだろうか。肇の言うストーリーがここに生まれていることが、希世子にもありありと感じられた。

ただの遊びのつもりではあるが、偶然にしてはできすぎている。この一連の出来事を、ストーリーと呼ばず何と呼ぶのだろうか。

誰も、その名前を正式名称にするとは言わなかったが、そのときから、七人にとってその秘密結社の名前は「Ladybird」になった。それぞれがそう決めたのである。

そのとき扉をノックする音が聞こえた。

みんな驚き、全員が揃《そろ》って「ハイ」と返事をしてふり返った。

入って来た教育委員会の人は、中の様子を見て少し驚いた表情を見せた。先ほどまで部屋全体に均等に散らばるように微妙な距離感で離れて座って、お互い目も合わせなかった、違う学校の中学生同士が、今は、広い控室の中の窓の前に、肩も触れあわんばかりに一か所にまとまって直立して、ニコニコしながらこちらを見ている。

「大丈夫……かな？」

「はい」

肇が返事をした。みんな、顔を見合わせて微笑み合った。

「塚山信彦先生がいらっしゃいました」

そう言うと、教育委員会の人は、ふり返って、何度もお辞儀をしながら、一人の男性を部屋に招き入れた。

「塚山信彦先生です。先生、こちらが、今日感想文を発表する中学生たちで、先生にお会いできるのを楽しみにしていました」

七人は、勝手に「楽しみにしていた」と決めつけられたことに苦笑いをしたが、すぐに、誰からともなく、「こんにちは」という声を出して、頭を下げた。塚山は満足げにうなずくと、大きなお腹《なか》を揺らしながら部屋の中央へ歩み寄って、中学生たちにあいさつをした。

「こんにちは。私もみなさんに会えるのを楽しみにしていました。事前に感想文を読ませてもらいましたが、どれも素晴らしい内容で、最近の中学生のまっすぐな夢に感動し、考えていることの素直さを感じることができました。みなさんのように、大きな夢を持った中学生がいることを知って私は本当に嬉しくなりました。今日は頑張ってください」

そう言うと、係の人に促されて、部屋を出て行った。

扉が閉まって、部屋の中に七人だけになるとみんな一様に顔を見合わせて、声を上げて笑い合った。自分の書いた夢がどうも嘘くさいと感じていたところに、「素晴らしい」と評価されて、そのギャップが、おかしくてたまらなかったからだ。

青天の霹靂

「きっと、ここにいる誰もがあの日のことを鮮明に覚えていると思うわ」

希は目の前に置かれたグラスを見つめながら言った。

颯汰は、皿の上に残っているBLTサンドに手をつけることもできずに、希が説明しながら紙コースターに書いてくれた「鬼灯」と「七星天道」のふたつの言葉を見つめていた。息をのむほどに字が美しい。颯汰は、書道歴にしてはそこそこの字しか書けないが、字を見る目は確かだと思っている。希の字は、そうそうお目にかかれるレベルではないほど美しかった。

希は話を続けた。

「そして、きっと、みんな同じように、小学生みたいで子供っぽいとは思ったけど、それでもちょっとしたゲームを楽しむような感覚で、『やる』って言ったのよ。秘密結社に所属しているという秘密をあの場で共有して、それで終わると思っていたと思うの。少なくとも私はそうだった」

希の言葉を、隣にいる和宏が続けた。

「いや、僕もそうだよ。その場のノリで盛り上がって、『楽しかった』って終わると思ってた」

遠くで謙治が鼻で笑うのが聞こえた。

「誰も、肇のことをわかっちゃいなかったんだ」

希がうなずいて話を続けた。

「そう。熊谷君は別として、初めて二階堂君に会った私たち五人は、彼が本気だったということに何年も経《た》ってから気づいたの」

「ということは、何年も秘密結社としての活動はしなかったってこと…….ですか?」

颯汰の質問に希は首を振った。

「したわ。まずは少なくとも年に一回は会って話をしようって、二階堂君が提案をして、ホオズキの咲く季節に、正確には7月25日、私たちがこの会を結成した口ね、その日に七人で会って、話をすることにしたの。秘密結社 Ladybird の『ホオズキの会』と名前をつけてね。そこで、将来の夢についてみんなで話したわ。熊谷君も『面倒くさい』って文句を言いながら、毎年参加してくれてた」

「参加したっていうか、肇が俺の家を会場にしたんじゃねえかよ」

熊谷の言葉に希は笑った。

「友達同士が集まって、しゃべるという意味では全く秘密結社っぽくなくて、本当によくあることだったけど、それが、違う学校の、ひとつの偶然の絆《きずな》によってできた会のメンバーだったということで、私にとっては年に一度のあの瞬間は特別だったって、大人になってから思うようになったの」

「私も、それわかる」

香代子が、うしろから割って入った。

「学校も違う七人が集まって、自分の周りの誰にも言ったことがないような夢の話をするっていうのは、何て言うんだろう。とってもドキドキしたし、何より、そんな話ができる場所は、私にとって、当時はあの場しかなかったから……」

颯太にも、その気持ちはわかる気がする。

自分の夢や、目標について自分の周りの奴《やつ》に語るのは勇気がいる。颯太自身そういう話題を避けてきた一因は、そういう話をしたときの反応が、手に取るようにわかるからだ。

「熱くなるなよ」

「お前、本気でできると思ってんの？」

「出た出た、ドリーマー」

真面目に応援してくれる奴は、果たして自分の友達にいるのだろうか……それは、本当に友達と言えるのだろうか……そして何より、自分が友人に対してそういう態度をとれるだろうか。

颯太はどちらかというと、熱い話が苦手なタイプだ。何を隠そう、そういう話が出るたびに、茶化したり、否定したり、いなしてきたのは他でもない自分自身である。自分がそういうタイプだからこそ、自分もそう言われるのではないかと恐れているのかもしれないと、このとき初めて感じた。

希が話を続けた。

「それが、言える雰囲気を二階堂君が作ってくれたの。そして、私たちが大学に入った年の7月25日、四回目の『ホオズキの会』。そこで、最初で最後の解散危機を迎えたの。あの日からすべては始まったと言ってもいい」

希が遠い目をした。誰もがその日のことを思い出しているのか、それぞれの記憶の中に入り込んでいるような目をして笑みを浮かべている。

颯汰は、続きを話してくれるのを待つしかなかった。

「おいおい。もういいだろ。十分話したよ」

熊谷が立ち上がって両手を広げた。

「保科、もういいだろ。そっから先は、俺の話をするんだろ。もういいじゃないかよ。こいつにも、Ladybirdの結成秘話を話せたことだし。もう勘弁してくれないか」

熊谷は懇願するように言った。

「な、兄ちゃん。こうやって俺たちは、お互いの夢をサポートするための秘密結社を作って、ここまで来たってわけだ。で、その発起人である一人の人間が、死んじまったからこれからどうしようかって話し合うために、俺たちはここにいる。な。わかっただろ」

「はい……わかりました」

熊谷からの「早く帰ってくれ」という無言の圧を感じて姿勢をただした颯汰は、そう言うしかなかった。

「あの、俺……そろそろ帰ろうかと……」

「おお。そうだよ、青年。そろそろ帰った方がいい。俺たちはこれから、今後のことを話し合わなきゃならないんだ。わかってくれるよな。ほら、青年もこう言ってる」

希は、腕時計を見ると、ため息をついた。

「そうね。私にもこれ以上話してる時間はないみたい」

颯汰は、立ち上がると、

「みなさん、本当にお世話になりました。ありがとうございます」

そう言って、頭を下げた。

「青年。ちゃんと飯を食えよ。そんでもって規則正しい生活をしろ」

「は、はい……」

熊谷の言葉に押されるように、颯汰は隠し扉の方へと後ずさった。

「ちょっと待ってくれるかい?」

御堂はカウンターの中を見た。そこにはモニターが三台置いてあって御堂書店の店の中の様子が映し出されている。

「扉を開けるときに外にお客さんがいたら、このバーの存在を知られてしまうからね……」

そう言いながら、モニターをチェックした。

「あと、せっかくだからＢＬＴサンドも、このまま持って帰って昼食にしなよ。今、包んであげるよ」

そう言うが早いか、御堂はカウンターから出て、サンドイッチを取りにテーブルに向かっている。

颯汰は返事をすることもできず、ただ立ったまま御堂の動きを目で追うだけだった。

「桜山君……」

希に呼ばれて、颯汰はふり返った。

「記念にこれを持って帰りなさい」

希は、そう言うと、先ほど自分で「鬼灯」「七星天道」という文字を書いたコースターを颯汰に差し出した。

颯汰は、無言で軽く会釈をしてそれを受け取った。有名人の直筆の文字が書かれた、秘密のバーのコースター、しかも、映画の中で使われている小道具のひとつなんて、なかなか手に入るものじゃない。内心、それを持って帰りたくってたまらなかったのだが、それを言い出せる雰囲気ではなかった。そんな理由で仕方なく、コースターをそのままにして立ち上がったが、思わぬ形で持って帰ることができて、颯汰は思わず顔をほころばせた。

「うん、今なら大丈夫」

そう言うと、御堂はカウンターのうしろの、一冊の本をまた動かした。

先ほどと同じように、本棚でできた隠し扉が開き、外のまぶしい光が差し込んできた。人が、一人通れるほどの隙間ができると、颯汰はもう一度礼を言って、御堂から、サンドイッチの入った紙袋を受け取った。

「また、おいで」

御堂は、颯汰にだけ聞こえるようにそう言ってくれたが、颯汰が部屋を出て行くのを奥で見守っている熊谷からは、

「もう来るなよ」

という雰囲気があからさまに出ていた。

颯汰が、バー「Ladybird」の外に出ると、本棚の扉が閉まり、そこは普通の書店の景色に戻った。

颯汰はふり返って、本棚を見た。それが扉になっていて、その向こうには秘密のバーがあるなんて、わかっていても考えられない。見事なつくりである。先ほどまでそこにいたにもかかわらず、本当はそんな場所は存在しなくて、ただそんな夢を見ていただけなのかもしれないとすら思える。

特別な人にしか許されない、貴重な経験をしたんじゃないかと思うと、追い出されるままに、逃げるようにして慌てて出てきてしまったことを少し後悔した。写真の一枚でも

撮ってくればよかったが、携帯で写真を撮らせてくれとお願いできる雰囲気でもなかったし、もう一度中に入れてもらう勇気も颯汰にはない。

颯汰は、踵《きびす》を返すと、店の入り口の方に向かった。入り口横のレジにいた女性が、颯汰の顔をのぞき込むように見て、

「もう大丈夫？」

と聞いてきた。きっと御堂哲の奥さんだろう。颯汰は笑顔を作って、

「お世話になりました」

と丁寧に礼を言って店の外に出た。

外に出た瞬間、真夏の暑さにまた倒れそうになった。アスファルトは焼けて、坂の上から、来た道を見下ろすと、陽炎《かげろう》が立ち上っている。

御堂書店の前に止められている自分の自転車にまたがった。

店の入り口横の窓ガラスには、先ほど見たのと同じ、「音無フラワー商店街・夏祭り」のポスターが貼ってある。メインゲストの「ドリームキャッチャー」を呼べた理由が何となくわかった気がした。きっと、バンドのメンバーの中の誰かが、Ladybird の常連なのだろう。そういうコネでもない限り、全国ドームツアーをやるようなビッグアーティストがこんな商店街の、夏祭りに来るなんて奇跡は起こり得ない。

颯汰は家に帰るべく坂道を下り始めた。

★

家まで下りっぱなしの駅からの道は、自転車にまたがったままでも動くので、ペダルを漕ぐ必要がない。

感じる風は熱くとも、自分の汗に濡《ぬ》れた衣服に風が当たると、心地よさを感じる。途中すれ違う、駅に向かう人たちは、誰もが苦行僧のような必死の形相で上り坂を登っている。さっきの自分もあんな感じだったのだろう。

快調にスピードに乗る自転車にまたがっていると、暑気にやられて貧血で倒れたあととは思えないほど、身体《からだ》の調子はいいように感じた。

あっという間に家に着いた。

颯汰は、家に着くとまず、リビングに置いてあるパソコンを立ち上げた。さっきまで会っていたLadybirdに集う人たちを検索するためだ。

最初に調べてみたのは「二階堂肇」だった。

若い頃から、自主製作の映画を撮り続けていたが、興行作品の監督としてのデビューは2001年、二階堂が33歳の時と少し遅め。それ以来七本の映画を撮った。超有名監督というわけではないが、映画好きのファンからの支持は厚く、ネット上にもその死を悼む声が多く寄せられている。それら映画好きのファンの間では、二階堂が学生時代に撮った自主製作映画に、デビュー前の保科希が、本名の保科希世子の名前で出演しているということが、話題になっていた。それ以来のつきあいで、その後の二階堂作品には、七本の映画の、全作品で保科希が起用されている。もちろん主役のときもあれば、ワンシーンだけの友情出演のときもあるらしい。

続いて「保科希」を検索してみた。

1990年、22歳の時、ドラマでデビュー。1992年24歳でドラマ初主演、期待の若手女優として人気が沸騰する。それから、数々のドラマ・映画に主演し、30歳で一般男性と結婚。しばらく女優業から身を退《ひ》くことになるが、二階堂肇のデビュー作で、女優復帰。翌年離婚。保科希の方が有名だからだろうか、経歴についても、いろいろと詳しい。

何より驚いたのは「保科希」という名前を検索しようとするときに表示される、一緒に検索されている検索ワードだ。二階堂のときとは違って、「保科希　劣化」「保科希　離婚」「保科希　整形疑惑」「保科希　リバウンド」「保科希　宗教」「保科希　洗脳」など、華やかな活躍をする彼女のアラを探そうとするものが多い。

ほんの数時間前なら、何とも思わなかっただろうが、一度会って、ああやって話をしたあとだと、心がざわつかずにはいられない。颯汰は自分の大好きなものを、否定されたときに感じる悔しさのようなものを感じた。自分自身がそう言われるよりも、苦しいような気がする。ただ、同時に、ネット上に流れている芸能人の噂話《うわさばなし》などを簡単に信じ込んで、物知り顔で人に話してきた自分の過去を恥ずかしく思った。何だか複雑な気持ちだ。

さっきまで一緒にいた保科希の優しい笑顔が浮かぶ。颯汰は、保科希の名前をデリートした。他のメンバーの名前を検索する気持ちも萎えかかったが、そこは踏みとどまって、次の名前を入力してみた。

「月代漸登」

「篠宮香代子」

二人は、希ほど不特定多数の人に知られているわけではないからだろうか、それほど、負のイメージの検索ワードが一緒に出てくることは多くない。それでも、ないわけではない。賛否両論がネット上に噴出している。当然と言えば当然なのだが、有名になればなるほど、そういうものは避けられないようだ。

「嫌な世の中だなぁ……」

そんなことを感じたことがなかった颯汰も、有名人と知り合いになることで、自分たちが大人になってこの世界で活躍するようになると、同じように、あることないこと好き勝手に書かれるのかもしれないと思って、ゾッとした。

「月代漸登」は1995年に作家としてデビュー。それからたくさんの作品を執筆してきている。学校生活や、若者の成長を描いたストーリーが中心で、これまで四作品が映画化されている。2010年に出版された『Ladybird』は翌年映画化されて、あまり知られていないが、オープニングのシーンに原作者である月代が出演している……と説明がある。「篠宮香代子」は１９９７年に南青山に、ファッションブランド「フィリリス」を立ち上げる。フィサリスとは「ホオズキ」という意味で、ロゴマークは悪魔のようなシルエットをした鬼が赤いランプを手にしているものだ。それは、ホオズキを漢字で書いた「鬼灯」に由来していると説明がある。１９９８年、テレビによく出ていたアイドルが好んで着用したことから、人気に火がつき、規模を拡大。女子中高生の憧れのアイテムとなり、「カワイイ」という日本語が、世界の女の子たちに広がるのに合わせて、日本だけでなくアメリカやフランスなどにも販売店契約を持つブランドとなったらしい。

颯汰は、思わず笑みがこぼれた。

彼女がなぜロゴマークをホオズキにしたのか。そのことを知っている人は、世の中に自分を含めて七人しかいないんじゃないかと思うと、何だかちょっとした優越感だ。正確に言うと、一人は他界しているので、自分以外に六人ということになるだろうが。

「本庄和宏」は検索しても個人のフェイスブックやツイッターにしか行き着かない。同姓同名のものがいくつか見つかったが、その中のどれかが本庄のものだろうか。颯汰は詳しくひとつずつ見ることはしないまま本庄のことを調べるのをやめた。

「御堂哲」もそうだろうと思い、検索してみると意外にも、有名人であることがわかった。御堂書店の店主として、雑誌やテレビ、ラジオの本を紹介するコーナーに出演しているらしい。「読書ソムリエ　御堂哲」の名前は読書家の中では有名だった。

「へぇ……、御堂さんも有名人なんだ……」

颯汰は感心するようにつぶやいた。

最後に「熊谷謙治」の名前を検索してみた。

こちらも意外に多くの情報がネット上にあった。

まず、「熊谷建築デザイン事務所」の代表取締役社長で、一級建築士。たくさんの施工例がネットにもアップされていて、最近新装された颯汰の住む街の市民ホールのデザインも彼の仕事だということがわかった。

どの建物に対しても、彼がデザインしたものは大絶賛されている。確かに、写真だけ見ていると、颯汰もそんな家に住んでみたいと思うような魅力的な家をデザインしている。

建築界では有名な存在で、講演会なんかもやっているようだ。

颯汰は熊谷の鋭い目線を思い出して、身震いした。

「とてもじゃないけど、あの人の講演会なんて参加したくないな」

ネットにある情報に一通り目を通すと、颯汰は、もうひとつだけワードを検索してみることにした。「Ladybird」だ。

テントウムシの説明、颯汰もよく知っている映画関連、同じ名前のカフェやレストランはあるものの、やはり、秘密結社のことや、御堂書店の隠し扉の向こうにあるお店の情報、今まで検索した七人の関係性を示すような情報は見つからなかった。

颯汰は、パソコンの電源を落とすと、自分の部屋に向かった。

時間をかけて掃除をしたばかりの部屋は、整然としていて気分がいいが、サウナのように蒸し暑い。すぐにエアコンの電源を入れると、ベッドに横になって、天井を仰ぎ見た。

「秘密結社……か」

颯汰はため息にも近い声を漏らした。

「二階堂肇」

颯汰は声に出してつぶやいた。

彼は天才だと思う。今の自分よりも三つも年が下の中学三年生の時に、「秘密結社」というアイデアを思いついたということがまず驚きだ。そして、それを子供の遊びのようにその場で楽しんでおしまいにせず、30年以上も本気で続けてきたということも驚きだし、それを秘密にし続けた七人の絆の強さは、驚きを通り越して、感動にすら値する。そして、最も驚くべきことは、当初の目的をちゃんと果たしていることだ。秘密結社のメンバーはそれぞれが、それぞれの分野で活躍する有名人になっているだけでなく、世間に知られることなく、しっかりとお互いがお互いの夢をサポートし合っている関係が成り立っている。

デビューした順番からすると、保科希が女優になったのが最初だ。彼女が女優としてデビューできるように、他の六人がどのようにそれを後押ししたのかは不明だが、とにかく全員の力を集結して、どうにかして彼女がドラマや映画で活躍するようにさえなれば、残りのメンバーが夢を実現するのは難しくない。そして実際に、彼女は人気女優になった。

人気女優が着ているブランドは売れる。篠宮香代子のブランド「フィサリス」は、希が愛用することで、立ち上げられた瞬間に成功が約束されていたのだろう。ブランドが大きく成長すれば、今度はイメージキャラクターとしてCMなどに希を起用することで、恩返しをすることができる。

月代にとっても楽な展開だ。人気女優が「好きな本」として彼の作品を紹介すれば、デビュー作であれ、月代漸登の名は世に広まるだろう。これまた、デビュー作にしてベストセラーが約束されているばかりか、二作目以降の成功も約束される。作品が話題になり、映画化、ドラマ化されるようになれば、その役は希に回ってくる形で、これもお返しができる。

秘密結社では、成功者が増えるほど他の人は成功しやすくなるはずだ。保科希が女優として大物になり、月代漸登の作品が映画化されるほど話題になるようになれば、自然とその映画監督には二階堂肇を指名するだろう。そして、そこには希が出演する。篠宮も衣装協力などでサポートできるだろう。それどころか、その頃には「フィサリス」は世界的なブランドになっていただろうから、映画作りのメインスポンサーにだってなれただろう。一番難しい資金の問題もクリアできる。

そこまで行けば、御堂が「読書ソムリエ」としてテレビやラジオに出演することも難しいことではない。希や月代、二階堂の口利きがあれば、番組の一コーナーくらいは簡単にもらえるだろう。そこで紹介する本は、月代の本にすれば月代漸登は更に売れる。御堂書店も話題の本屋となり、読書家の中での聖地のようになる。月代や希の人脈があれば、小さなお店に有名人を呼んでのイベントを開催することも難しくない。そういった有名人たちが気兼ねなく使えるバー「Ladybird」を作れば、彼らに対する十分なお返しにもなる。何せ、有名人にとって一番欲しいのは、安心して自分をさらけ出せる空間だろうから。

彼らの家や、店舗、バーLadybirdのデザインはきっと熊谷謙治が担当したのだろう。女優や作家の家のデザインは注目を集める。きっと、希は自分の家に遊びに来た女優、俳優仲間に、月代は作家仲間に、二階堂は映画関係者に、熊谷のデザイン事務所を薦めるのだろう。そうやって著名人の家や店舗の注文が熊谷のもとに続々と集まる。当然、デザイン業界から注目されるようになる。そして、本庄和宏……彼は……そうだ、彼は銀行員だ。それらすべての施工や篠宮や熊谷の会社の拡大資金は、すべて本庄の銀行が融資する。そうすることで本庄の営業成績は信じられないほど上がり、若くして出世することができる。大手都市銀行の支店長になったのもうなずける……。

想像すればするほど、二階堂肇が考え出した「秘密結社」というアイデアは、素晴らしいもののように思えてくる。お互いが、お互いの夢をサポートすることで、一人で頑張るよりもはるかに早く、しかも多くのことを実現してきたのだ。まさに、七人の力を合わせて、一人の人間が一生かかっても実現できないような夢の数々を、次々と実現してきたということだろう。

「すごいな……ホントに」

颯汰は、ほんの一時間ほど前に目の当たりにした「秘密結社の持つ力」に、すっかり魅了されていた。

「もし……」

きっと叶《かな》わぬことではあろうが、浮かんでくる「もし」を止めることができない。

「……秘密結社『Ladybird』の空いているひとつのイスに、自分を入れてもらえたら……俳優になって、女の子にキャーキャー言われるなんてことも簡単なんじゃないか」

何せこれだけの人脈だ。きっと自分は、何をやっても上手《うま》く行くだろう。が、もちろんそれは、あまりにも虫がいい話だ。

「それに……」

颯汰の脳裏に、熊谷謙治の顔が浮かんだ。

「あの人と、上手くやっていく自信はないいな」

もともと、そんなことを真剣に考えているわけではない。颯汰は「もしも」という仮定の世界を夢想して楽しんでいる。ただそれだけのことだが、真剣に考えていることもないわけではない。

「俺も……秘密結社を作ってみようかな……」

ということだ。

30年以上続いている組織の一員にしてくれと言うのは、おこがましいが、同じアイデアを使って、自分も一から秘密結社を作ってみるというのはやってみてもいいんじゃないか。それなら、秘密をバラしたことにはならないだろう。いや、このアイデアを知った上でやらないのはもったいない。むしろ、そんな風に感じる。

颯汰の心の中で、メラメラと熱く燃え上がる何かが生まれた気がした。まだまだ小さな炎ではあったが、ここ数年では珍しいことだった。

颯汰は、頭の中で、秘密結社を自分が作るならどうなるか、考えを巡らせていた。

「メンバーは誰にするか……」

説明では、同じ学校の仲間同士で作っても、上手く行かないと言っていた。確かにそうだろう。きっと秘密が保持できないまま、一度ファミレスで食事をしただけで解散することになる。かといって、それ以外の人たちが、ひとつのストーリーの名の下に集まるとしたら、

「自分にとってそれはどこになるか……」

そう考えて、最初に颯汰の脳裏に浮かんだのは、夏休みから通い始めた塾だった。

あのクラスに集まっているメンバーは、同じ高校の奴は凪早しかいないし、出身中学も凪早とあの山村風太が同じという以外はみんな違う。大学合格というひとつの目標を共有していて、何より、あの塾が好きだという思いで繋《つな》がっている。颯汰が「一生続く、グループを作ろう」なんてあらためて提案するまでもなく、実際に、一生続きそうなひとつのコミュニティがすでにできあがっているのだ。

問題なのは、その輪の中に自分が入っていないということと、自分を除く七人ですでにその世界ができあがっているということだ。

さらに、もし自分を加えた八人で、秘密結社を作ったとしても、自分が中心人物ではないのは明らかだ。リーダーはあの山村風太しか考えられない。

颯汰の脳裏に、凪早と親しげに話す風太の映像が浮かんだ。首を激しく横に振ってその映像をかき消そうとする。

「ダメだ。あいつらとは作りたくない」

忘れていた苛立《いらだ》ちが、颯汰の中によみがえってきた。

「でも、凪早だけは入れてあげよう。凪早と俺と……あと、誰とどうやって……」

そんなことを考えているときだった。携帯が鳴った。

画面を見ると、颯汰と寄り添って映っている凪早の写真が映し出されている。

颯汰は明るく電話に出た。

「よう！」

「そうたん……？　何してた？」

また、連絡をしないで塾を休んだからか、凪早の声は少し沈んでいるように思えた。

「俺、今日大変だったんだよ。倒れちゃってさ」

「え？　大丈夫なの？」

「ああ、大丈夫、大丈夫。それより、おかげですごいこと発見したんだよ」

「そうなの……何？」

凪早の声のトーンは相変わらず低い。

「いやぁ、電話じゃ上手く伝わんないかもしれないから、直接会って話せないかな？」

颯汰は、話しているうちに、だんだん興奮していった。自分の、そして凪早の未来を大きく変えるかもしれない大発見は、きっと自分が感動したのと同じくらい、凪早を感動させるにちがいないという確信があった。

「うん、いいよ……私もそうたんに直接会って話したいことがあったから……」

「もう塾終わったの？」

「終わったよ……」

「よし、じゃあ今からいつもの公園でいいかな？」

「うん」

颯汰は電話を切ると、洗面所に向かって急いで顔を洗った。思えば今日は起きてから顔も洗っていなければ、髪型もセットしていない。さすがにこの格好で凪早に会いに行くわけにはいかない。急いで身だしなみを整えると、自分の部屋に戻って服を着替えた。

出かける前に、冷蔵庫からペットボトルの飲み物を一本とった。

「また、倒れたらシャレにならん」

そう独り言を言いながら、玄関へと急いだ。

外に出た颯汰を、先ほど以上の灼熱《しゃくねつ》の真夏の暑気が襲ったが、身体はもう大丈夫そうだ。颯汰は自転車に飛び乗ると、勢いよく漕ぎ出した。いつもの公園までは急げば5分で着く。

★

颯汰は、ブランコに座って揺られている凪早に向かって、汗まみれになりながら大声で熱弁した。

暑さが気にならないほど、話に夢中になっている。

「どう？　すごいアイデアだろ。こうすれば、みんなが持っている夢が、一気に実現できるんだよ」

「うん……」

凪早は返事をするものの、心ここにあらずといった感じで足下を見ていた。

「なぁ、ホントにすごいと思ってる?」

颯汰は、念押しした。凪早は我に返ったように顔を上げた。

「う、うん。すごいアイデアだと思うよ。ホントに」

颯汰は、不満もあったが、一応納得した表情を浮かべた。

「そこでさぁ、話ってのは、その秘密結社を本当にこれから作ろうと思うんだ。最初は俺と凪早で……」

凪早は、返事をしないまま地面に足をつけたままブランコを揺らしていた。さっきまで浮かべていた微《かす》かな笑みは、今の颯汰の一言で完全に消えていた。

しばらくして、口を開いた凪早の口から出てきた言葉は、颯汰にとっては意外なものだった。

「私はやめとくよ。私は、自分の夢は自分で頑張る。そうたんは、私じゃない誰かとその秘密結社とやらを作ってくれていいよ」

「え……?」

颯汰は、

「いいねぇ、私も乗る、その話！」

というう答えしか想定していなかっただけに、そうではない反応が何だか意外で、一瞬たじろいだ。

でも、凪早の気持ちはわからないでもない。自分と違って、その成功例を間近で見たわけでもない凪早が、

「そう簡単に、上手く行くはずがない」

と判断しても無理はない。とはいえ「Ladybird」のことを話すわけにはいかない。話の途中に何度も、保科希や、月代漸登の名前や御堂書店の秘密が出かかったが、「秘密」をばらしてはいけないと、すんでの所で我慢してきた。

「凪早が不安に思う気持ちもわかるよ。『秘密結社』って言葉の響きが危ないもんな。でも、実際には……」

「そうたん！」

凪早は、語気荒く颯汰の言葉を制した。

「そうたんの話は聴いたわ。私も話があるって言ったでしょ。今度は、私の話を聴いて欲しいの」

「……」

凪早のただならぬ雰囲気に、颯汰は話をやめた。ブランコに座っている凪早は、いつもの

間にか揺れ動くのをやめ、静止したまま一点を見つめている。颯汰は何となく嫌な予感がしたが、凪早を見つめることしかできなかった。背筋に冷たい汗が流れたのを感じる。

きっと、凪早が紹介した塾が気に入らないからといって、凪早に少し冷たく当たったことを怒っているのだろう。颯汰は身構えたが、いざとなったら、山村とのことなどちゃんと説明すればわかってもらえるという自信はある。

話を聴いてというわりに、一向に話を始めようとしない凪早は、颯汰と目を合わさないようにしながら、勇気を奮い起こしているといった感じだった。

やがて、ブランコを再び動かしながら、声を発した。

「別れよ……私たち」

風にそよぐ木々の葉擦れの音。蟬《せみ》の大合唱。公園に面した家の窓にかかった風鈴の音。通りを走るトラックのエンジン音。そして、凪早が揺らすブランコの「ギーコ、ギーコ」という鈍い摩擦音。

さっきまで全く耳に入ってこなかった、いろんな音が大音量となって颯汰の耳に飛び込んできた。

この瞬間に、どうしてそういうものばかりが耳に入ってくるのか、颯汰には不思議だったが、衝撃的な出来事は、その瞬間を記憶に焼き付けるという。あまりの衝撃に、この瞬間を記憶に焼き付けようと五感が鋭くなっているのか……。

数時間前、貧血で倒れたとき以上の、衝撃を身体全体で感じて、その場に立っていられなくなりそうだった。

颯汰は動悸《どうき》が速くなり、一瞬で口の中がカラカラに乾いた。喉が張り付いて、上手く話すことができない。

「どうして……」

辛うじて出てきたのはこの一言だった。

凪早の目から涙がこぼれた。泣きたいのは自分の方だと颯汰は思った。

「ごめん。でも……」

凪早は続きを話そうとしても、涙で話すことができなくなっていた。颯汰は拳を握りしめながら、

「なんでだ！　なんでなんだ！」

と何度も自問しながら、凪早の言った「でも……」の続きの説明を待った。

しばらくして、凪早が発したのは、

「ごめん」

だった。

「どうしてだよ。理由がわからなければ、俺だって納得できない」

泣いている凪早に語気荒く言うこともできず、颯汰のその言葉は、涙声のように震えて

口から出ていった。

しばらく経って凪早から出てきた言葉は、

「ごめん」

だった。

それから、颯汰は、凪早に向かっていくつか質問をしたが、凪早から返ってくる言葉は
「ごめん」しかなかった。

もちろん、その質問の中には、

「他に好きな人でもできたか？」

というものもあったが、返ってきた答えは、肯定でも否定でもなく、

「ごめん」

だった。

颯汰には、それは「Ｙｅｓ」のように感じられてならなかった。

「相手は、山村か？」

という質問が何度も颯汰の口から出かかったが、その質問だけは飲み込んだ。

凪早は他に好きな人ができたとも言っていないわけだし、そこでこの質問をしても、返ってくる答えは、「ごめん」という言葉を使った「Ｙｅｓ」のような気がして、恐《こわ》くて聞けなかったと言った方がいいかもしれない。

やがて、颯汰は、

「わかった」

という言葉しか選択肢がないことを、ある瞬間に悟った。凪早は、颯汰の口からその一言が出てくるまで「ごめん」を言い続けるつもりだ。

それでも、颯汰が「わかった」と言うまでには時間がかかった。

颯汰としては当然だろう。その一言を言った瞬間に、別れを受け入れることになる。何の心の準備もなしに、別れを切り出されて、すぐに受け入れられるわけもない。それでも、どれだけ時間がかかっても、その一言を言うほかないという現実が、ジリジリと颯汰を追い詰めた。

どれくらい、時間が流れたのかわからない……颯汰には他に話す言葉が見当たらなくなった。こめかみあたりを一筋の汗が流れ落ちた。だいぶ日が傾いたとはいえ、まだまだうだるように暑い。そんな中でこうやってただお互いに黙って時を過ごしている。凪早を見ると、凪早のこめかみにも二筋の汗が流れ落ちていくのが見えた。それを見て颯汰は、彼女が身もだえしながら耐え続けている苦しみから解放してあげなければならない気がした。

「わかった。凪早がそうしたいのなら……」

ようやく、颯汰がそう言うと、凪早は両目から一粒ずつ涙を落とすのを皮切りに、激しくしゃくり上げるように泣き始めた。

颯汰は、その場を立ち去ることもできず、拳を更に強く握りしめて、凪早のその様子を見守るしかなかった。約八か月付き合っていた彼女が、彼女じゃなくなる瞬間だった。

ここを離れたそのときから、二人はもとの友達に戻るのではなく、近くにいるけど話もできない人になってしまうのだ。

偶然同じ高校に入って、偶然同じクラスになり、偶然隣の席に座った。そこから毎日が楽しくて、一年かけて徐々に仲良くなり、そして付き合い始めた。それらのどこかに戻るわけではない。もうどこにも戻れない。知らない二人にすら戻れずに、全く違う関係が始まるのだ。

その瞬間が、あまりにも突然に、何の前触れもなくやってくるということに、颯汰は戸惑い、どうしていいかわからなかった。

「そうたん、先に帰って……」

凪早は絞り出すように言った。

颯汰は、動けなかった。

口を開くと自分も泣き出しそうになるので、話すこともできない。

二人とも動けないまま、地面にできた自分の影を静かに見つめている。影が少し長くなっている。

颯汰が考えていることは、この状況を変える方法はないのか……何とかよりを戻す方法は……ということだったが、凪早が考えているのは、全く別のことだったのだろう。

また、どれくらいそうしていただろうか。だいぶ落ち着きを取り戻した凪早が、大きく鼻をすすったかと思うと立ち上がった。

まだ、話し出そうとすると、涙が噴き出しそうになる。それを堪《こら》えて、堪えて話をした。

「そうたんが……帰れないみたいだから……私が……帰るね」

唇は震えているが、凪早は無理に笑顔を作った。

彼女が自分のことを「そうたん」と呼ぶのはもうこれが最後だったのだろう。

颯汰の目にも涙がたまる。颯汰はそれが流れ落ちないように必死に堪えている。

「……さようなら」

凪早の別れのあいさつは、今まで一度も聞いたことがない言葉だった。

だからこそ、これで本当に終わりなんだということが颯汰にも伝わってきた。

颯汰は、何を話すこともできず、かといって動くこともできず、ゆっくりと遠ざかっていく凪早の背中を見つめていた。

怒りとも、悔しさとも違う、自分でも説明のできない感情が、颯汰の心の中を支配していて、

「なんでだ！　なんでなんだ！」

という言葉だけが脳裏で繰り返されていた。

公園の入り口のところで、凪早がふり返って、

「やっぱり、そうたんと別れたくない！」

と言いながら駆け寄ってくれないかと、祈りにも似た願いを持って凪早の背中を見つめていたが、そんな颯汰の期待をあっさりと裏切るように、凪早はふり返る素振りも見せず、公園から立ち去り、颯汰の視界から消えた。

その瞬間に、颯汰の目から涙が溢《あふ》れた。

「何だよ。なんでこうなるんだよ！」

蟬の大音量が颯汰の頭の周りで鳴り響いていた。

「何もかもが、上手く行かない。何でこうなるんだよ、俺は」

勘違い

「颯太」

部屋をノックする音で、颯太は目を覚ました。

「ほら、起きないと。塾に行く時間でしょ」

颯太は時計を見た。8時10分だった。この時間に母親が家にいるということは、今日は店が休みの日なんだろう。夏休みに入ってから、完全に曜日の感覚をなくしている。

颯太は、ベッドに横になったまま、扉の向こうの綾子に返事をした。

「もう、行かない」

息をのむような微妙な間があったが、綾子は続けた。

「行かないってどういうことよ。せっかく凪早ちゃんが紹介してくれたんでしょ」

「別れた……」

「……」

颯太の声はそれほど大きくはなかったが、綾子には聞こえたらしい。もちろん、その意味は伝わっただろう。扉の向こうの綾子から颯太を起こそうという意志が感じられなくなった。

しばらくの沈黙のあと、全く違ったトーンの綾子の声が聞こえた。

「まだ、寝てる?」

「いや……もう起きる」

颯汰は短く返事をした。綾子が扉から離れて階段を下りていく音がする。

颯汰が、凪早と別れて最初に迎えた朝だった。いつもとは違う朝だ。日差しが照って爽やかな風が窓から部屋に吹き込んでいるが、颯汰の心には取り去ることができない重しがずっと乗っかっているような気がして、息苦しい。

颯汰にとって、彼女に振られるというのは初めての経験だったが、あまりにも突然にやってきた別れに、現実を受け入れられないままの自分がそこにいた。

中学生の時に、付き合った彼女を半年で振ったことがある。相手は泣いていたが、颯汰はその姿を見ても心が動かなかった。そのときと立場がまるっきり逆転してしまっている。

自分はどうしてここまで弱くなってしまったんだろうと、戸惑いすら感じる。

それでも、このまま部屋に閉じこもって感傷に浸るのは、自分らしくない。

何より、両親に、

「颯汰は振られて、落ち込んでいる」

と思われるのが嫌だった。それは、親に余計な心配をかけさせないようにしたいという気遣いなのか、それともただの意地っ張りなのか自分でもよくわからない。それでも、何でもないふうを装って親の前に顔を見せるのが、今の自分のするべきことのように颯汰には思えた。

颯汰は、ベッドから起き上がると、できる限りいつもと変わらぬ雰囲気を作ってから部屋を出て階段を下りていった。実際のところは、見るもの触れるものすべてが、昨日までの世界とは違うもののように感じるほど、気持ちは沈んでいた。

階下では、綾子が台所に立って、颯太のための朝食を作っている。父の信一はダイニングテーブルで新聞を読んでいた。

「おはよう……」

颯太は、無理矢理ひとつあくびをして頭をかきながら、テーブルに近づいた。

「ああ、おはよう」

信一も、何事もなかったかのようにいつもの通り返事をしたが、すぐに、さり気なく核心に触れる質問をしてきた。

「お前、別れたんだって？」

「ん？　ああ」

信一にとっても、いつかは触れなくてはいけない話題だった。颯太もそのことはわかっていた。

ならば、早い方が助かる。

颯太は努めて無表情に返事をした。

「そうか。しょうがないよな。そういうこともあるさ」

「うん」

その話はそれで終わりになった。

颯汰は、信一に気づかれないように、音を立てずにひとつため息をついた。

綾子がキッチンからプレートを持ってきた。自家製のパンを、焦げ目がつく手前まで焼いてから具を挟んだ、ハンバーガーだった。綾子が佐世保バーガーにヒントを得て作ったオリジナルで、颯汰のお気に入りの朝食でもある。母親なりの無言の気遣いを感じた。

綾子にしても、自分の息子がある日突然振られたときに、母親としてどんな言葉をかけたらいいかなんてわかるはずもない。颯汰にとって初めての経験ということは、綾子にとっても母として初めて迎える瞬間なのだ。

「そういえば、颯汰。あなた御堂さんで本を注文した？」

綾子は、いつもと変わらない調子で、全く違う話題の話をした。

「え？」

颯汰は、思いがけない質問に声が裏返った。

「昨日、あなたが部屋から降りてきたら言おうと思ってたんだけど、駅前の御堂書店さんから電話があって、『息子さんが注文していた物語の続きが入荷しましたから、できる限り早く取りに来るように、お伝えいただけますか？』って言われたわよ。あなた、心当たりある？」

本は注文していないが、そのメッセージの意味を颯汰は瞬時に感じ取った。

「うん……わかった」

「ほう、珍しいな。お前が本を注文するなんて。それも御堂書店で？」

信一が驚いたような顔を颯汰に向けた。颯汰は苦笑いをした。

「いろいろ考える年頃なんだよ」

信一は意味深な顔をしてうなずいたが、相手の誤解をただそうとするだけの元気が颯汰にはなかった。

颯汰はハンバーガーを両手で押さえつけて、かぶりついた。

全く食欲などなく、食べ物は喉を通りそうもなかったが、無理して口にほおばり続けた。

「俺はこんなことで落ち込んだりはしないぞ」

という姿を見せようと必死だったが、内心は泣き出したい気分でいっぱいだった。

★

御堂書店の中は、昨日よりも多くの客が入っていた。

とはいえ、駅の反対側にある大型ショッピングモールの本屋に比べると断然少ない。

「あの辺りで待ってて」

御堂哲の奥さんが、隠し扉の方を指し示しながら小声で颯汰にそう耳打ちした。

颯汰は、小さく会釈を返した。

店の中に他の客がいるときに隠し扉は開けられない。颯汰は、隠し扉になっている本棚の前に来て、本を選ぶふりをした。

それにしても、この奥に秘密のバーがあるなんて、わかっている今もちょっと信じがたい。ましてや、知らない人は想像すらできないだろう。

店には案外、切れ目なく客が入ってくるが、同時に何も買わなかった客が出ていく。駅に向かう坂道の頂上にあるというこの本屋の立地がそうさせているのか、この猛暑の中、ただ涼みに入っただけという客もいそうだった。

10分ほど経《た》った頃に、客足が一度途絶えた。

「ガチャリ」

という音がして、颯汰の目の前の本棚が動き始める。

心が躍る瞬間だ。別世界への入り口がそこにある。

「どうも」

バーカウンターの中の御堂哲が笑顔で颯汰を迎えてくれた。

「お帰り」

颯汰は、この空間に入ることを許されたというだけで、何か特別な扱いを受けているような気分になる。そのことは素直に嬉《うれ》しい。

「ありがとうございます」

「ん？」

哲が颯汰のお礼の意味がわからず、聞き返した。

「いや、ここにもう一度来ることができるとは思っていなかったので、呼んでもらったのは嬉しかったっていうか……ありがたいっていうか」

颯汰は、自分の感情を表現する語彙の少なさに、気恥ずかしさを感じた。

「なるほどね」

颯汰が見渡したところ、哲の他に人はいないようだった。

「今日は、お一人ですか？」

哲がうなずいた。

「みんなそれぞれ仕事があるからね」

「颯汰君、そこへ座りなよ」

哲はカウンターを指し示した。

「はい……」

颯汰は返事をすると、カウンターを挟んで哲の目の前の背の高い丸イスに腰掛けた。

「何か飲むかい？」

「あ……お願いします」

颯汰は、小さく頭を下げた。

「身体《からだ》の調子は？」

「はい……身体の方はもう、大丈夫です」

「おや、元気がないなぁ。身体の方は……という言い方も少し気になるけど、実は何かあった？」

颯汰は苦笑いをした。

「ええ、まあ……ちょっとだけ」

哲は、目をそらした颯汰の表情を見て、深く追求するのをやめた。

「そうかい。まあ、君たちの年代は、君たちの年代でいろいろあるよね」

「はい……いろいろあります」

颯汰は苦笑いをして目を伏せた。

「よし、じゃあ早速、僕の方から話をしようか」

哲は話題を変えるべく、ちょっと明るめの声を出した。

颯汰は、努めて明るい表情を作りうなずいた。

「君にもう一度来てもらったのはね、あのままだと、君はとんでもない勘違いをしたままになるんじゃないかと思ってね。あのあとみんなで話し合った結果、もう一度君を呼んで、しっかり最後まで話をした方がいいだろうということになったんだ」

「とんでもない勘違い……ですか……？」

「まあ、していなければそれに越したことはないわけだけど、もし勘違いをしたままだと、君には申し訳ないことをしたことになるからね」

「はい……」

哲は話しながらも手際よくハンドジューサーを使ってグレープフルーツのノンアルコールカクテルを作ると、颯汰の前に置いた。

「ありがとうございます」

颯汰は頭を下げた。哲は、自分用にグラスに入れてあったアイスコーヒーを手に取ると、一口飲んでから話を続けた。

「昨日の話は覚えてるかな？　昨日ここに集まっていた大人たちが秘密結社を作ったきっかけの話だ」

「はい、覚えてます」

「君は、あの話を聴いてどう思った？」

「俺は……正直すごいと思いました……」

「もっと、詳しく聞かせてくれるかな」

哲は眼を細めながら、優しい表情を作り颯汰に話を促した。

「実は、昨日あれから、みなさんのこと検索してみたんです。そしたら、本当にすごい人たちなんだなぁって思って、実際に秘密結社を作って、そのメンバーがお互いの夢とか目標をサポートするって約束を果たした結果、それぞれすごい活躍してるじゃないですか。その証拠というか、結果というか、何て言うんだろう……事実をこうやって目の当たりにすると、秘密結社ってすごいぞって思ったんすよ」

「それで？」

「いや……正直、俺も自分で作ってみたくなりました。秘密結社」

哲は大きくうなずいた。

「そうだろうと思う。でも、もし今、君が秘密結社の話を誰かに持ちかけたら、子供じみているとか、現実を見ていないといった理由で、きっと誰からも相手にされないだろうからね。そうなる前に、大事なことを話しておこうと思うんだ」

颯汰は、図星を指されて目が大きくなった。すでに1人にその話をして、相手にされなかった経験をしたばかりだが、そのことは、あまりにも恥ずかしくて黙っておいた。

凪早は、颯汰のことを「子供みたいなことを言って、現実逃避しようとしている」と思ったのだろうか。

「大事なこと……ですか？」

「そう。大事なこと」

哲は作業をしている手を止めた。

「ここでひとつ質問がある」

哲はカウンターの中にあるシンクに両手をついて身を乗り出し、颯汰に顔を近づけた。

「君は、僕たちがどうやってそれぞれの成功を手にしたと思う？」

「それは……」

颯汰は少し考えた。

正しい答えを導き出して、言い当てなければならないというちょっとした緊張感があった。ここでそれを言い当てることができれば、自分にも同じことができるかもしれないということにもなる。子供っぽいとか、現実逃避だとか言われながらも、信じてくれる仲間を集めることさえできれば、自分が作る秘密結社も、この「Ladybird」と同じようなすごい人の集団にできるはずだ。

ただ、やはり、最初の一歩目がどうしてもわからない。昨日考えたシナリオでは、保科希が女優としてデビューして有名人になってからは、他の人たちの夢は加速度的に達成されていくことがわかる。ただ、どうやって保科希をトップ女優にしたのか。颯汰は、そのことを正直に話してみることにした。

「実はそれも昨日考えたんです。途中からは簡単に想像がつくんですが、やっぱり最初の一歩目が難しいと思うんです。みなさんの中では１９９０年に保科さんがデビューして、有名になったのが始まりで、そうなってからは、お互いのことを仕事仲間に紹介しあったり、夢をサポートしあったりしていけば簡単に、作家にも、映画監督にも、読書ソムリエにもなれますよね。著名人で使ってくれる人が最初からいれば、ブランドを立ち上げても上手《うま》く行くし、それらを支える銀行家や家や店舗を作る人までいる。やっぱり難しいのは、最初の扉をどう開けるかってことだと思うんです。それをどうやったのかが、わかりませんでした……たまたま、保科さんが綺麗《きれい》な人だったから、みなさんが何かでサポートしなくても、トップ女優になったのかもしれないんですけど、昨日の保科さんの話し方だと、二階堂さんやこの会のみんなに相当な恩義を感じているようだったから、やっぱり違うのかなぁって思うんですよね。もし彼女が自分の美貌だけで最初にデビューして、そのコネを使って周りの人を引き上げていったのなら、彼女はもっと偉そうにしているというか……だから、こう、そこには何かあったと思うんです。みなさんの協力が……それが何なのかが、俺にはハッキリとはわからなかったんです」

哲は反応もせず表情も変えずに、颯汰の話を聴いていた。

「考えられるとしたら、例えば、雑誌のオーディションか何かに保科さんが応募して、みなさんが何百枚もハガキを書いて投票したとか……」

颯汰は、肝心な部分がわからない悔しさを、言葉に込めながら話をした。18歳の今の自分には見えなかったその方法が、当時15歳の二階堂肇には見えていた。やはり、二階堂肇は天才だ。ただ「Ladybird」のメンバーが、自分をここに呼んでくれたということは、その一番難しい部分をどうクリアしたかを、教えてくれるということなのだろう。

哲は、顔に笑みをたたえながら、じっと颯汰の目を見据えていた。そして一通り颯汰の話が終わると、大きく三度ほどうなずいた。哲の顔は、颯汰には、

「やっぱり君は、我々が見込んだ奴《やつ》だ」

とでも言いたげな表情に見えた。

「やっぱり君は……」

ところが、哲の口から出てきた言葉は、颯汰の予想とは違っていた。

「……大きな勘違いをしている」

「え？」

颯汰は耳を疑った。

哲は、表情を崩して優しく言った。

「でも、気にすることはない。実は僕たちも君と同じように考えていたんだ。いや、君と同じようにしか考えられなかったと言った方が正しいかな」

「ど、どういうことですか？」

颯汰は慌てて聞き返した。

「昨日、希世子ちゃんが……いや、保科希が最後に話したことを覚えているかい？」

「ええ、確か……解散危機が一度あったって」

「そう。僕たちが『Ladybird』を結成して四年目。四回目の集まりの時だ。みんな高校を卒業して大学生になっていた。一人を除いてね」

「一人を除いて……ですか」

「そう。一人を除いて」

哲は、誰も座っていない革張りの一人がけのソファを見つめた。その視線につられて、颯太もふり返った。カウンターの背の高いイスが音も立てずに心地よく回った。

★

謙治の部屋は七人の男女が入っても窮屈さを感じないほどに広い。

父親が経営している熊谷工務店は、地元では有名で、謙治の祖父は市議会議員を務めたこともある地元の名士だ。

秘密結社の会合が、ファミレスやマックとかだとせっかくの雰囲気が台無しだ。

それに、学校も違う七人が集まっている姿を誰かの知り合いが目にすると、その時点で秘密結社の意味がなくなる。

そういった理由で、秘密結社「Ladybird」の「ホオズキの会」には第一回から、謙治の部屋が使われた。

謙治の家なら、六人分の自転車が通りから見えないところに隠して止められる……など、肇はいろいろと理由をつけて、そこを集合場所に指定したが、実際のところ一番の理由は、彼の部屋にはエアコンがあるということだったのかもしれない。

出窓には、いつも鉢植えのホオズキが用意され、白い花をつけていた。

部屋の中央には普通の家ならリビングにおいてあるようなガラステーブルがあり、その周りにみんなが集まっていた。謙治は学習机で使っている自分のイスに片膝を立てて座っている。二人がけのソファには希世子と香代子が肩を並べ、哲、和宏、漸登は絨毯《じゅうたん》の上だ。肇はメンバーが揃《そろ》ったことを確認して、部屋の中央に置いてある木製のイスに背もたれを前にして座ると、みんなにグラスを持つよう促した。

「それじゃあ乾杯だ。秘密結社 Ladybird の第四回『ホオズキの会』へようこそ。乾杯！」

「かんぱーい」

と小さい声を上げたのは、希世子と香代子の二人で、他の男子はみんなグラスだけを合わせた。何となく、それまでの三回とは雰囲気が違う。それぞれが大学生になったことで、この子供っぽい遊びに恥ずかしさを感じるようになったのかもしれない。

しばらく、歓談が続くと、それぞれが高校を卒業して、お互い新しい生活が始まったことがわかる。

大学生活がどう。サークル活動やバイトが忙しい。合宿がどう。授業をサボった……。

話している内容は、大学生になった地方出身者が地元に帰ったときに高校時代の仲間と「同窓会」と称して集まる飲み会と何ら変わらない。

謙治は、

「くだらねぇ」

と舌打ちをして、その輪の中に入ろうとしない。いつにも増してイライラしているようだった。

その様子を見た肇が、イスごと動かして謙治のそばに寄った。

「謙治。今日も部屋をかしてくれてサンキューな」

謙治は鼻で笑った。

「そんなのはたいしたことじゃねえよ。それより、あっちの方の礼を言ってくれ」

謙治はアゴを振った。

肇は、出窓に置いてある鉢植えを見た。

「俺が、花の面倒見てるんだぜ。ガラでもねえぞ。それに、結社の名前を『Ladybird』、会合の名前を『ホオズキの会』なんて決めたから、枯らしちゃいけないと思って、結構プレッシャーなんだぞあれ」

肇は、謙治がこの部屋で一人で鉢植えに水やりをしたり手入れをしたりしている姿を想像して吹き出した。

「お前、本当にいい奴だよな」

肇は謙治の肩を叩《たた》いた。

「ふざけんなよ。この三年間、お前に振り回されっぱなしだよ」

謙治はふて腐れたような態度をとったが、肇はお構いなしだ。笑顔で話し続ける。

「でも、謙治。俺は知ってるぜ。この三年間一番大変だったのは、ホオズキの世話じゃないって」

「フン」

謙治は苦笑いをした。

「肇には恩義を感じてるからな。お前にゃ逆らえないよ」

肇は微笑《ほほえ》んだ。

「で、二階堂君と熊谷君はどこの大学に行ってるの？」

肇の背中に香代子の声が届いた。

「ん？」

二人以外の五人は、それぞれが近況を報告しあって一通り話が終わったらしい。ふり返った肇の顔をみんながマジマジと見ている。謙治は不機嫌そうに窓の外を見た。

「大学、大学って。行ってない奴がいるってことを考えたことないのかよ」

謙治のつぶやきに、一同の雰囲気は凍り付いた。

確かに、何の疑いもなく誰もが大学に行っていると決めつけるのはおかしなことだが、五人はそのことに謙治の言葉で初めて気づいた。

沈黙を破るように、肇が声を出した。

「俺は、今、映像関係の専門学校に行ってるんだ」

みんなの視線が、肇に集まった。

肇の表情は明るく、意気揚々としている。

「毎日勉強することが多くって大変だけど、ひとつ勉強すると自分の作品とかで試してみたいことがドンドン湧いてきて止まらなくなるんだよ。実際の撮影で使うような機材にも触れられるし、寝る間もないって感じだね」

「へぇ……」

驚いた表情の和宏が力のない合いの手を入れた。

「実際、映画監督になるための勉強を始めてみるとさ、今まで何も知らなかったってことに気づいて、やることの多さに愕然《がくぜん》とするんだよ。ほら、誰の言葉か忘れちゃったけどさ、知識っていうのは風船みたいなもんで、風船の中に入っている空気が知ってること、風船の外が知らないことだとすると、中にたくさん空気を入れて知ってることを増やせば増やすほど、風船が膨らんでいって、知らないこととの境界面が広がっていくんだよ。知れば知るほど、わからないことが増える。それに、どんなに風船を大きくしても、外の空気の方が圧倒的に多い。自分の無知さを思い知らされるわけだよ。まさに今その壁と戦ってる感じだね」

「ふうん……」

哲も小さな声を上げた。

「そんなわけだから、まだまだ時間はかかるかもしれないけど、日々しっかりと前進してるって感じかな」

「そーなんだ……」

香代子もぎこちなく微笑みながら、小さめの相づちを打った。

「それよりも、こいつの話を聴いてくれよ」

肇は、少し興奮気味に声を上げた。

「余計なこと言うなよ」

謙治は、肇を制しようとしたが、肇は聞く耳を持たなかった。

「謙治は、Ｔ大学の工学部建築学科に受かったんだよ」

「ええ！」

誰もが声を上げて、謙治の方を見た。

「熊谷君、すごい……」

希世子が思わずつぶやいた。高校時代の成績は学校でもトップクラスだった希世子だが、それでもT大学を受験する勇気はなかった。

「だろ！　だってこいつ天才だもん」

肇は自分のことのように、謙治のことを自慢しながら謙治の左肩をポンポン叩いた。

「えっ、でも熊谷君て松門高校じゃなかったっけ？」

香代子が裏返った声のままで聞いた。松門高校は、確か生徒の半数が専門学校か短大を進学先に選んでいる学校だ。残りの半数は就職で、四年制の大学の受験者はほとんどいない。その学校からT大学に合格するなんて聞いたことがない。

「学校創立以来初の快挙。まあ、中学の成績が悪かったのは、中学の先生の見る目がなかったんだな」

「へぇ……」

一同の謙治を見る目は一転し、明らかな尊敬のまなざしが注がれた。

「もう、いいだろ」

謙治は、相変わらず鬱陶しそうに、誰とも目を合わさずに肇の話を遮ろうとした。

「よくねえよ。すごいことだろこれって。それに、この会の野望も大きく一歩前進したってことじゃないか」

そう言うと、肇はグラスを置いて立ち上がった。

「みんな。謙治の将来の夢は覚えてるだろ。一級建築士になって、この熊谷工務店を単なる工務店じゃなくて、日本全国から注文が殺到するような建築デザイン事務所にする。そして、建物を通して、そこに集う人やそこに住む人、更には世の中を幸せにするんだって夢。今のところ、こいつが一番近い場所まで登ったことになる」

肇は自分のことのように嬉しそうに説明した。その話を聴いている五人は神妙な面持ちをした。

「俺は知ってるんだよ。こいつ、本当に死にもの狂いで頑張ってここまで来てくれたんだよ。この会のために。みんなのために……」

肇は、謙治の話を始めると、胸が熱くなり涙目になる。このときもそうだった。

「俺も、まだまだだけど、負けちゃいられないなぁって思う。謙治を見てると、一日も無駄にできないって思えるんだ」

肇の熱弁と相反するように、五人は覇気をなくしていった。背中が丸まり、誰もが伏し目がちにグラスを見つめていた。

「肇……」

謙治が、肇の肩に手を置いた。

「肇。もういいよ。もうやめよう」

謙治は静かに言った。

「なんで？　何を？」

肇は、その場の雰囲気を察しかねるような表情をして、一人ひとりの顔を見た。

「こいつらを見てみろよ。お前の話は今のこいつらには重荷でしかねえよ」

謙治は肇を諭すように言った。

「肇、もういいよ。やめよ。俺にはこうなるってわかってたんだ。だから、秘密結社は今日で解散」

「え？　なんで？　これからだろ……」

「みんなそのつもりでここに集まったんだよ。そうだろ？」

謙治は一人ひとりの顔を見回して言った。反応する者は一人もいなかった。

「結局、こいつらは、お前の真意をわかっていなかったってことだよ。でも、俺はこいつらを責める気にはなれない。俺もこいつらと同じことを考えていたんだ」

謙治はうつむいたが、今度は、メンバーの一人ひとりがゆっくりと顔を上げて、謙治の方を見始めた。

「俺の場合は、こいつがいたから……こいつを見てたからわかったっていうか」

「俺の話はいいよ」

今度は、肇が謙治を止めようとしたが、謙治は首を振った。

「俺の勉強は全部、こいつが教えてくれたんだぜ」

謙治は肇を指さした。

「みんな、その意味がわかるだろ。こいつ、俺なんかよりもずっと頭いいんだよ。なのに大学に行かないで専門学校に行ったんだ。どうしてそこまで必死になって映画監督になろうとするのかがわからなくって、俺、ちょっと恐《こわ》くなった。だから肇に『それって秘密結社のためか』って聞いたんだ。正直、俺にはそこまでの覚悟もなかったし、本気で人生かけてこの七人のためになんて考えてもいなかった。だから、恐くなった。ちょっと重いっていうか、そこまではついていかれないっていうか……そしたら肇は、

『言い出しっぺだからな。それはある。でも、一番は自分が人生でやりたいことだからさ。それをやるエネルギーをもらうために、〈Ladybird のメンバーのために〉って思いを利用しているだけかな。お前が重荷に感じる必要はない。俺は、お前の存在を、そして秘密結社の奴らの存在を勝手に利用して、それを力に変えてるだけだ。それに、万一、本気で秘密結社のことを考えてくれる奴が、メンバーの中に出てきて、本当にみんなで何かを持ち上げようってときが来たときに、俺に一人分の力すらなければ、シャレにならないだろ』

そう言ったんだ。

俺は苦しくなった。きっと肇以外のメンバーは俺も含めてみんな、Ladybird のおいしい部分だけをあてにして一緒にいようとしている。お前らだってみんな同じだろ。みんなで夢を実現するために結成した秘密結社なんて、お遊びさ。あてにしてない。でも、万一、本当に万一、この中の誰かが、それこそ肇でもいい、こいつが映画監督になったら、映画

にだって出してもらえる、原作を使ってもらえる、仕事が増えて、おいしい思いができるかもって思ってる。だから、子供じみてバカバカしいって思いながらも、この会を抜けないんだ。そうだろ。

俺は、お前たちが考えていることがよくわかる。だって……」

謙治の怒りは自分自身に対して向いているようだった。

「だって、俺がそうだった」

肇以外の五人は、沈痛な面持ちで謙治の言葉を受け止めていた。誰も口を挟む者はいない。同意もできなければ、反論もできなかった。

「だから、俺は……俺一人くらいは、真剣にやんなきゃダメだと思って、俺は、俺は……」

謙治の頬に一筋の涙が流れた。

五人は動揺して、謙治の顔を見ることができず、うつむいていた。

肇は、謙治の肩にそっと触れた。

「謙治……ありがとう。お前の、その思いは三年間ずっと伝わってたよ」

肇は微笑みながら、優しく語りかけた。

「みんなは知らないと思うけど、謙治は本当に死ぬほど勉強したんだよ。中学時代の謙治を知ってる奴は、謙治が勉強をしてるって聞いても信じないだろう。そんなこいつが、三年間、本気で勉強したんだよ。それがどれだけすごいことか、俺にはよくわかる。みんなも受験をしたからよくわかるだろ」

五人は小さくうなずいた。

「謙治。俺は、そんなお前の姿に心を打たれたんだよ。俺も本気にならなきゃって」

謙治は、手の甲で流れる涙をぬぐった。

「でも、ちょっと聞いて欲しい。みんなも聞いて欲しい。その上で、Ladybirdを抜けるかどうかを決めて欲しい」

肇は部屋を横切って、ベッドに腰掛けた。みんなの視線が肇に移る。きっと謙治の気持ちを考えてそうしたのだろう。肇が謙治の隣にいたままなら、悔し涙を流し続けている謙治の方をみんなが見たまま話すことになる。

「例えば俺が、今のまま死にものぐるいで頑張って、ここにいる誰よりも早く夢を実現して映画監督になるよね。そのときに、希世子ちゃんが無名の女優さんだったら自分の映画に抜擢《ばってき》するか、漸登が小説は書いてるけどまだデビューしていないとしたらそれを脚本に映画を撮るか……俺は断言するが、そんなことはしない」

謙治は目をこすって、肇を見た。他のメンバーも肇を見た。

「絶対にしない」

肇は再び言った。

「だって、みんなだって、それを望んでないだろ。違うか？」

肇は一人ひとりの顔を見た。

「秘密結社を作った日のことを覚えてるだろ」

みんな、無言で肇の顔を見据えた。

「あの日もこう言ったはずだよ。一人の力で持ち上がらない大きな夢も、七人の力でなら持ち上がる。一人が精一杯力を出しても一生動かせないものが、七人が力を合わせれば、短い時間で全員分の夢を動かせるんじゃないかって」

みんな真剣な表情でうなずいた。

「それは、一人の力で動かせるものを、七人で持ち上げましょうって話じゃない」

謙治は、

「ああ」

という感嘆の声を出し、口が開いたままになった。その瞬間、鳥肌が立った。

肇は、優しく語りかけながらも、強い意志を感じさせる表情で一人ひとりを見つめた。

その姿には神々《こうごう》しさすら漂っていた。

おそらくそこにいる誰もが、鳥肌が立つのを感じたにちがいない。

「誰かの力にぶら下がるために、俺たちは集まったわけじゃない。みんなの夢を、全員で持ち上げるためには、自分の力を精一杯磨かないとみんなに申し訳ないって、俺はいつも思ってる」

　肇の言葉に、そこにいる誰もが、自分との覚悟の違いに居たたまれない気持ちになっていったが、それ以上に、心を打たれ始めていた。自分の心に、そしてお互いの心に小さな情熱の炎が灯《とも》り始めていることが感じられる。部屋の空気が一変した。

「俺は、映画監督になるために、誰かの力を借りようとは思っていない。例えば、希世子ちゃんが有名女優になっても、その口利きで映画監督になろうなんて思わない。だってそうだろ。実力がないのに、いい映画なんて撮れないよ。そしたら、紹介してくれた希世子ちゃんにも迷惑がかかるじゃないか。謙治が一級建築士になって家をデザインしてくれるようになったからって、安くしてもらおうなんて思わない。そうなったときに、人の倍払ってでも儲《もう》けさせてやれる存在になってないと、夢を助け合うことにはならないだろ。

　俺が、自分の努力と経験を積んで映画監督になることは、自分の力でできることさ。謙治が、自分の努力と経験で一級建築士への道を歩み始めたのも、一人の力で持ち上げられるものを持ち上げるための力をつけているのと同じ。

　希世子ちゃんが女優になるのも、漸登が作家になるのも、哲が御堂書店を全国で有名な本屋にするのも、香代子ちゃんが洋服ブランドを立ち上げるのも、和宏はまだ自分の夢はないって言ってたけど、何かを見つけてそれに近づこうとするのも、全部、自分の力で越えるべき壁だろ。

それを超えた人たちが集まったときに、一人の力じゃ持ち上がらないものが、七人の力を合わせれば簡単に持ち上がるって、ようやく言えるんじゃないかな。

俺たちは、誰かにぶら下がるために集まったわけじゃないし、必死で頑張れば一人の力で何とかなるものを、七人でよってたかって持ち上げるために集まったわけでもない。実力が伴っていないのに誰かの力で目標としている世界に入れてもらったとしても、その世界で生きていけなくなるのは目に見えてるだろ。そうなってしまったら、何のための秘密結社かわからない。それぞれが不幸になるために集まったようなもんじゃないか。だから……」

肇は間をとって、一人ひとりの顔を見た。

「だから、まずは、それぞれが本気になって、自分の前にある扉を開こうぜ。自分の力を磨こうぜ。最初にそれをやって見せてくれたのは謙治だ。次は俺の番だと思ってる。だから、俺は大学に行くのをやめた。俺は自分の力で次の扉を開いてみせる。そうして、きっと俺よりも先に夢を実現するみんなが、俺と一緒に何かをやりたいって思えるところまでちゃんと行く！　それが俺たちのあり方だ。なぁ、謙治……」

謙治は、また涙が出てきた。

「ああ。俺は肇のおかげでここまで来られた。もっともっと力をつけて、お前のために役に立てるそんな男になるぜ。他の誰が抜けても俺だけはお前の力になる」

謙治が言った。肇はうなずいた。

「そうだ、俺たちが作りたいのは、誰かにぶら下がろうって考え方の弱い人間が集まる集団じゃない。一人ひとりが自分の力だけで他の人よりも大きなものを持てるだけの力を磨いた奴が集まる強い集団なんだよ。それを作ろうぜ」

他の五人は黙っている。それぞれが、これまでの自分のあり方と、これからの自分のあり方を思案しているようだった。

★

「結局、僕たち五人は、その日、結論を出せないまま、謙治の家をあとにしたんだ」

哲がグラスを布巾で拭きながら言った。颯汰は、あまりにも予想と違う内容に、ショックを受けていた。どう反応していいのかわからない。

「帰る道すがら、本庄と僕は、『何だか、結構熱いって言うか、普通の大学生活をエンジョイできるような雰囲気じゃなかったな』なんて、愚痴を叩きながら帰ってたんだ。心に何かモヤモヤしたものを抱えてね。

何となく五人とも雰囲気が重くてね。

『どうする？　続ける？』

なんて、話をしてた。

まあ、みんな図星だったんだよ。

秘密結社なんて子供じみた遊びだと思ってたし、メンバーの中の誰かが本気になって、本当に有名人にでもなればラッキーだくらいにしか考えていなかった。そして何より、これから始まる四年間の大学生活をめいっぱい楽しむ気満々だった。

だけど、肇は本気だった。

何しろ、大学にも行かずに、映画監督になるために専門学校に行ったんだ。僕たちの中でそんな勇気ある行動をとれる奴はいなかった。それぞれが夢を語りながらも決断を先延ばしにしてたんだ。とりあえず大学に通いながら様子を見るって感じでね。ところが肇は決断をした。つまり、大学に行くという選択肢を断ち切って、映画監督になる道を選んだ。

それがわかった途端、僕たちは、ちょっと腰がひけたんだよね。

『そこまで真面目に、秘密結社のことを考えているわけでは……』ってね。

みんなに確認したわけじゃないけど、きっとみんな同じ気持ちだったと思う。

『Ladybird』を抜けようかって、いう気持ちが半分はあったと思う。なんか、その絆《きずな》というか、背負うべき責任を重く感じてね。

でも、続けようという気持ちも半分あった。

香代子がそのときこんな風に言ったんだ。

『なんか私、ずるいかも』
って ね」

「ずるい……ですか？」

「そう、ずるい。きっと自分のやるべきことはやらないで、つまり自分は成長のための努力はしないし、みんなの夢を助けられないけど、みんなは私の夢を助けてよねっていうスタンスのことをそう表現したんだろうね。

そして、実際に自分もメンバーの一員として他の人を助けるだけの力をつけなければならないってわかったら、ちょっと面倒くさくなって、そこから逃げようとしているっていうことも、ずるいって言葉に込められているんだと思う。

僕も確かにそう思った。ずるいって。かっこわるいと言ってもいい。だから、このままやめちゃダメな気がしたんだ。誰かにぶら下がろうとしていた自分にも気づいた。

でもそれに気づいた途端、覚悟が問われる。ぶら下がるのをやめるためには、自分にも謙治や肇と同じくらいの本気さが必要だ。正直当時の僕にとっては、それは恐いことだった。

ただ、自分がどっちの生き方を選びたいのかだけはハッキリしていたんだ。

もちろん、苦しそうではあるけれども、自分の力で持ち上げられるものを、自力で持ち上げる体力くらいは持たないとダメだってね。そこから逃げる生き方はしたくないって。

そんなかっこわるい人生にはしたくないって言った方がいいかもしれない。そんな気持ちも、沸々とわき上がってきたんだ」

颯汰にも何となくそのときの五人の気持ちがわかる。

まさに、今の自分の気持ちと同じなのだろう。秘密結社を作れば、自分の成功は間違いなしだって思っていた。ところが、その実現のためには、何より自分が人生をかけて本気で、自分の力を磨かなければならないということがわかったら、億劫《おっくう》になり尻込みするだろう。

でも、自分は周りのために頑張らないけど、周りは俺のために頑張ってという考え方の人間が中にいたら、その組織が成立するはずがないのは、火を見るよりも明らかだ。何よりリーダーとなるべき言い出しっぺが、自分の都合で周りを利用しようとしているに過ぎないそのスタンスで秘密結社を作ったとすれば……そんなものに参加してくれる物好きはいないだろう。

考えれば誰にでもわかることをわからないまま、自分勝手に、自分を助けてくれる人がたくさんいる組織を作れば自分たちは安泰だと思い込んでいた幼稚さに、颯汰は恥ずかしくなった。

「でも、何より、僕たちがあそこで踏みとどまって、自分も本気で何かをやらなければならないという気持ちになれたのは、謙治のおかげだ。

謙治があそこまで本気で、勉強してたってことがわかったからなんだ。そして、あの涙。あれは本当にショックだった。正直僕たちは、そこそこ勉強して、そこそこいい大学に行って、大学生活も始まって、バイトに、サークルにって楽しい毎日を送れればそれでいいって思ってたところがあってね。そういった日々の中でチャンスがあれば、自分の夢を実現できればいいかなぁくらいにしか思っていなかった。あの日の集まりもどこかサークルのノリだったんだけど、『Ladybird』はサークルではないってことがわかって……。いや、肇と謙治は本気だってことかな。それを目の当たりにすると、自分はどこまで本気で自分のやれることをやってきたのかを考え込んじゃってね、ちょっと自分に対して腹を立てていたってのも正直な気持ちなんだ」

「みなさん、同じですかね」

「ああ、きっとね」

哲は微笑んだ。

「みんな、謙治の言う通り、遊び半分で、あわよくばおいしいところだけは受け取ろうって腹があったんだろうね。少なくとも僕はそうだった。きっと、君もね……」

颯太は照れ隠しの苦笑いをした。

「でも、考えてみれば肇の言った通りなんだよね。20キロしか持ち上げる力がない人が、七人集まって１４０キロを持ち上げて、一人で１２０キロを持ち上げた人だけが入れる世界に飛び込んでも、そこには、一人で１２０キロを持ち上げることができた人しかいないからね。そんな世界に入った途端に、それぞれはどうなる？」

「……確かに、どうやっても太刀打ちできないですね」

哲はうなずいた。

「それぞれが、それぞれの世界で、通用しないままおしまいさ。若い頃は、夢を実現するっていうのは、ある職業に就くってことだと思ってるからね。映画監督にさえなれれば、女優にさえなれれば、作家にさえなれれば、って思ってるよね。現に当時の僕たちがそうだった。でも、肇と謙治はわかってたんだね。なるまでよりも、なってからの方が大変だって。そして、なるまでよりも、なってからの人生の方がはるかに長いってことをね。その『なってからの人生』を幸せに生き続けるためには、本当の力がなければ続けることができない。そのための力を、それぞれが自分の夢の扉をこじ開ける苦労を経験することで、身につけることができるんだよ」

「じゃあ、保科希さんも、月代さんも、二階堂さんも、篠宮さんも……みんなそれぞれ、自分一人の力で、今いるところまで上り詰めたってことですか？」

哲は微笑みながら、首を振った。

「自分一人の力で成し遂げたわけではないよ。たくさんの人たちに助けてもらいながら今の活動ができるところまで来ることができたのは間違いない。ただ、それが君が想像しているような、Ladybirdのメンバーによる横の連携によってなされたわけではない。それは確かだ」

　颯太は、眉間にしわを寄せた。それは、Ladybirdのメンバーではない誰かの力を借りたということなのか……。

　哲は颯太の、疑問を感じ取って、丁寧に説明をしてやろうと思った。

「颯太君。実現したい目標があるとするよね。それってどうやって実現するんだと思う？」

　哲は質問した。

「そりゃ、やっぱり……努力して、頑張って実現するんじゃないんですか？」

「うん。まあ間違いではない。努力して頑張っていない人が、目標を達成できるはずがないからね。だけど、大切なのは、努力して、頑張ってということ以上に、本気であることが大事なんだ」

「本気……ですか」

「そう、本気。人間、本気でやり続ければ大抵のことはできるもんだよ」

「なるほど……」

　颯太は、相づちを打った。

「じゃあ、本気で努力するとどうして、目標が達成されるか……」

「それは、本気で努力すれば力がつくからじゃないんですか？」

哲はうなずいた。

「そうだね。君が言っていることも間違いじゃない。だけど、目標を達成してみて初めてわかることがある。それは、本気になれば、自分の力がつくこと以上に、大切な何かが見えるようになるってことさ」

「どういうことですか？」

「ほら、何かの大会で優勝したアスリートのインタビューを思い出してみるといいよ。本気でやってきたからこそ優勝したんだろうけど、自分の力がついてきたおかげですって誰も言わないだろ。代わりにどんなことを言いそう？」

「支えてくれた人のおかげで……とかですかね」

「そう言うよね、きっと。あれ、心からそう思っているから言うんだよ」

「はい……」

哲は、あまり納得していなそうな颯汰の表情を見て、ゆっくりと諭すように話し始めた。

「いいかい。目標を達成したいと思って、本気になるだろ。そうすると、それを応援する人たちが必ず現れるんだ。この世界は、人と人の繋《つな》がりでできている。他人の挑戦に無関心な人もたくさんいるけど、本気で頑張っている人を見ると、どうにかしてそれを応援したいって気になる人だってたくさんいる。誰かが本気で目標に向かって努力している姿っていうのは、それほど人の心を打つってことさ。

つまり、本気で頑張ると、それを見ている人の心を打つ。そして、応援してくれる人と出会う。その出会いが、その目標を実現するための新たな縁を繋いでくれる。人はそうやって目標に一歩ずつ近づいていくんだよ」

「だから、一人の力ではないということ……ですか」

「そう。決して一人で目標を達成したわけではない。僕たちも同じだ。きっとLadybirdのメンバー一人ひとりが、本気になったから、応援してくれるたくさんの人と出会って、その縁があったから、それぞれが自分の目標を達成できるところまで成長できた」

「それは、『Ladybird』のメンバーの助けを借りて目標を達成するのとは、違うんですよね？」

颯汰にも違うということは何となくわかる。ただ、具体的に何が違うのか自分の言葉で説明するのは難しい。

「そうだね。本気になるというのは、誰から助けられなくとも、自分の力でやると決断することだよ。そうやって生きている人には、自然と応援団ができる。そのことを、君もきっと、本気になって何かをやったときに経験するだろう。だけど、僕たちが秘密結社を作った当初考えていたのは、そうじゃないよね。誰かに助けてもらうのが前提になっている。一人でもやるという決断もしていない。ましてや、本気になることすら避けてるんだ。これじゃぁ、何人集まっても意味がない。そう思わないかい？」

「うーん。確かに……」

「僕たちはみんな、そのことに気づけた。そして、自分の目標を達成するために、本気になったんだ。そうしたら、ドンドン応援してくれる人たちと出会って道が開けていくのを経験したんだ。もちろんそれは、自分が努力したからって言い換えることはできるけど、何よりも大切なのは本気でやるっていう覚悟だったね。そのことを肇と謙治が教えてくれたんだ。

　もちろん、誰が助けてくれなくても本気で自分の目標を達成するって覚悟を決めるのは、ものすごく勇気がいることだよ。僕だけじゃない。それぞれ話はしないけど……きっと大変だったと思う。

　それもこれも、みんなあの日から始まったんだ。みんな心に火がついたんだろうね。一年後、集まったときには、みんなそれぞれ別人のようになっててさ。

　希世子ちゃんは、芸能プロダクションに所属して、保科希って名前で活動を始めてたし、演技のレッスンやボイストレーニングなんかも受けていた。漸登も、本当は田代漸登っていうんだけど、月代漸登っていうペンネームで小説を書き始めてた。もちろん二人ともまだまだ無名だったけどね。香代子ちゃんも大学を休学してデザインの勉強のためにニューヨークに留学しに行ったりしてたし……和宏もそのときには、銀行員になってみんなの夢を資金援助という面でサポートするって夢を持ってたな。自分の裁量で自由にそれをやるためには、少なくとも支店長になる必要がある。できるだけ早くそこまで行くから待っててくれって20歳の若者が言うんだよ」

「すごい……」

「僕のことも調べたんだろ？」

「はい……、テレビやラジオで『読書ソムリエ』としても活躍されているなんて、知りませんでした」

哲はうなずいた。

「僕だけみんなにぶら下がっているわけにはいかないからね、自分の力で持ち上げられるものは自分で持ち上げないとと思って、ここまで必死だったよ」

「俺は、保科さんや月代さん、二階堂さんたちには、テレビ局に知り合いが多いから、そのツテで、テレビの仕事をもらったものとばかり思っていました。でも……そうじゃないんですよね……」

哲はゆっくりとうなずいた。

「少しずつ前進し始めたあいつらを見て、正直焦った。そして必死で考えた。何をしたら、どこを目指したら、彼らと肩を並べて、協力し合えてるって実感を、自分で持てるようになるのかって。当時は、とにかくジャンルを問わず誰よりもたくさんの本を誰よりも深く読み込んで、誰よりも本に対する愛情を育むことくらいしか思いつかなかったけど、結果としてその経験が今に生きているんだ。自分でも今のような活動をすることになるなんて想像もしなかったけど、そのときの本気の決断がなければ、今の自分はないということはわかるよ」

颯汰は衝撃を受けていた。「Ladybird」は、颯汰が想像したような、単なる仲良し夢実現サークルではなかった。一人ひとりが、覚悟を持って自分の人生をかけて挑戦をする、戦う大人の集団だった。そして、そういうメンバー一人ひとりが強い思いで、自分の力を磨かなければ、哲が言うように、七人が集まって一人の人間でも持ち上げられるものを持ち上げて満足してしまう弱い集団になってしまうだろう。そうなってしまったら、それこそ、「秘密結社」なんて子供のごっこ遊びと変わらない。

「僕たちは、自分の力でできることを、助けてもらおうとする弱い人になってはいけないってことをあのとき学んだんだ。世の中の人は作家だって、女優だって、映画監督だってみんな自分の力で、重い扉をこじ開けてなってるんだよ。ってことは、それらは、一人の力で持ち上がらない重荷ではないってことだよね。それなら、僕たちもそれは自分の力でやるべきだ。そして、力をつけていろんなことができるようになって、それでも一人の力では動かせない何かが現れたとき、そういう力を持った七人が集まれば、とてつもなく大きなものでも持ち上げることができる。それくらい大きな夢をみんなで見ようってことが、肇が最初に言いたかったことなんだよ」

「一人の力では実現できないほどの大きな夢……」

言葉は同じだが、今までとは違う重みを持った深い言葉だと颯汰には感じられた。

哲はうなずいた。

「ああ、そうさ。有名女優になるとか、ベストセラー作家になるとかよりも、もっともっと大きな夢さ。そのために、僕たちは『Ladybird』を結成したんだ」

颯汰は、鳥肌が立った。当たり前だが、亡くなった二階堂の代わりに、自分を入れてもらえないかというような虫のいい考え方はどこかへ行ってしまっていた。この人たちの中に入れれば自分では明らかに力不足もいいところだ。それこそ「ずるい」「かっこわるい」考え方でしかない。いや、それ以前に、今の自分には彼らの一〇〇分の一の重荷ですら持ち上げる力はない。それなのに、みんなに持ち上げてもらって、自分の望む世界に入れてもらえたとしたら、そこからは、その重い扉を自分の力で開いてきた人たちとの勝負になる。とてもじゃないが、そこで生きていけるだけの力はない。そんなことになってしまったら大変だ。

颯汰が描いていた淡い期待は、吹き飛んでしまったが、心の中にスッキリとした心地よい風が吹いているようでもあった。

「自分も、そんな人間でありたい！」

目の前の大変なことから逃げ続けてきた颯汰にとっては、今まで、あまり感じたことのない想《おも》いだった。

哲が入れてくれたノンアルコールカクテルは、氷がほとんど溶けて、グラスの中に水の層をつくり小さな氷の塊が五つほど水面を漂っている。

コップの露で濡《ぬ》れた、紙コースターのLadybirdの文字が、大きな力を持った存在のように見えた。

颯汰はしばらくその文字を見つめながら無言で考えていた。

そんな颯汰の様子を見て、哲は黙って店のオープンの準備を進めた。

颯汰にとっては、ほんの数分といった感覚だったかもしれないが、実は数十分もの間、たっぷりと颯汰は考えを巡らせていた。そして、何度かうなずくと、

「ふぅ～」

と大きく一息入れた。

「考えはまとまったかい？」

哲は優しく声をかけた。

「う～ん……少しだけですが。でも、あまりにも予想と違ったんで、何て言うんでしょう、頭を何度も殴られたような衝撃がありましたけど」

「そうかもね。僕もそれを今から30年前に経験したからわかるよ」

哲は笑顔を作った。

「でも、本気になれば大抵のことはできるっていい言葉ですね」

「ああ。いい言葉だし、事実だよ。本気になれば大抵の奇跡は起こるし、本気にならなければどんな小さな奇跡も起こらない。君も本気で自分の人生をかける覚悟ができたら、自分の人生でそのことを経験することができるよ」

「本気になれば、大抵の奇跡は起こるし、本気にならなければどんな小さな奇跡も起こらない……」

颯汰は、哲の言葉を心の中で反芻《はんすう》したあとで、深くうなずいた。とてもいい表情をしていると哲は思った。

「それにしても、よく俺の家がわかりましたね」

颯汰は話題を変えた。

「君のお父さんが、昔、本を注文してくれたことがあってね。そのとき控えてあった電話番号を使わせてもらったんだよ」

哲がカウンターの中から声をかけた。

颯汰はカウンターの方をふり返った。

「父とは知り合いなんですか？」

昨日調べていてわかったことだが、父の信一も哲と同い年だ。それは、ここのメンバー全員と同い年ということでもある。そして、父もここが地元だ。ここのメンバーと若い頃に出会っていても不思議はない。

「昨日調べていてわかったんですが、うちの親父《おやじ》もみなさんと同い年なんですよ」

哲は首を振った。

「いいや。でも、桜山って名前は珍しいし、君は東新町から来たって昨日言ってたろ。東新町の桜山さんって言ったら、一軒しかないような気がしたんだよ」

「なるほど……。そうだったんですね。びっくりしました」

「それにしても、君のお父さんが僕らと同学年なんだ。東新町ってことは、松門中学ってことかな?」

颯汰はうなずいた。

「はい。俺も父も松門中出身です……」

「うちのメンバーで、松門中と言えば……希世子ちゃんだね」

「え?……保科さんですか?」

「ああ。もし君のお父さんが僕たちと同学年なら、希世子ちゃんは、君のお父さんのことを知ってるはずだね」

颯汰は、少し驚いて、目を丸くした。

信一が、どうしてあの映画を何度も観《み》るのかがわかる気がした。

道を作る

『Ladybird』の七つの星たちの成長物語は、颯汰が想像したものとは大きく異なっていた。

自分は、哲が言うように大きな勘違いをしていたことになる。

真似《まね》して作ろうとしていた秘密結社は、楽して成功できるというアイデアに飛びついた、名前だけのものであり、小さい子供がやるごっこ遊びと何ら変わらない幼稚な考え方だと思い知らされて、恥ずかしくなった。

颯汰が、自分以外の誰かの力を借りて、一人の力で乗り越えるのが大変な壁を楽に乗り越えるために、秘密結社を作ろうとしたのに対して、肇は一人の力で乗り越えるのが大変な壁を、乗り越える力を自分につけることで、そうやって集まった七人でなければ実現できないような大きな夢を叶《かな》えるために秘密結社を作ろうとしていた。そして、秘密結社というのは、一人ひとりが自分の人生で叶えたい目標に向けて、本気になるためのきっかけに過ぎなかったということを知った。

リーダーの考え方の差は、そのままそこに集う人間の人生の差に直結するだろう。

颯汰が凪早に語った「秘密結社」の構想は、あまりにも覚悟がなく、自分勝手で、子供じみている。まさに穴があったら入りたい気分だ。

「ちょうどいいところに、一人来たようだね」

哲の言葉に、颯汰は顔を上げた。哲の視線はカウンター内に設置されたモニター画面に注がれている。颯汰の側からその画面は見えないが、このバーに入るべき客が一人来たということだろう。

哲が、背後にある本棚に手をかけた。

隠し扉が開かれて、人がLadybirdに入ってくる。

逆光になっていて顔はよく見えないが、細身で短髪。眼鏡をかけていて何より和服を着ているることから月代漸登だとすぐわかる。

「ガチャリ」

という音を立てて扉が閉まると、やはりここは地上のどこでもない空間のようになる。

「高校生がバーのカウンターに一人で座ってるなんて、とんだ不良少年だね」

漸登は軽口を叩《たた》きながら、昨日と同じテーブル席に向かった。

どうやら、自分の座る場所が決まっているらしい。

颯汰は、軽く微笑《ほほえ》んで、会釈をした。

「あっちへ行ったらどうだい?」

哲が、小声で颯汰に促した。

「え?」

颯汰はふり返って、哲の顔を見た。

「僕の話は終わった。僕は、これからお祭りの準備をしなければならないからね」

「音無フラワー商店街夏祭り……」

颯汰が、ポスターを思い出しながらつぶやくと、哲はうなずいた。

「ああ。よく知ってるね」

「外のポスターで見ました。『ドリームキャッチャー』を呼ぶなんてすごいですよね」

哲は苦笑いをした。

「この商店街も、頑張らないとシャッターが閉まってる店も増えてきたからね。相当無理してでも、人を呼ぶためには何でもしようと思ってさ。このイベントで、少しでも人が来てくれればいいけど」

「なるほど……メンバーの誰かが、ここの常連さんなんですか？」

颯汰の問いに、哲は無言でうなずいた。

「それより、ベストセラー作家と話せる機会なんてそうあるもんじゃない。あっちへ行って話を聴いてきたらどうだい？」

「はぁ……」

颯汰は躊躇《ちゅうちょ》した。

「興味はないかい？」

「あります。めっちゃあります。でも、邪魔じゃないですかね……俺なんかが」

哲は首を振った。

「迷惑かもね。でも、このチャンスを逃したら二度とないかもしれないよ」

颯太は腰を上げることができなかった。

「どんな反応が返ってきたとしても、話しかければよかったと後悔するよりはましさ。ほら、勇気を持って」

哲に促されて、颯太はゆっくりと席を立った。まさに、恐る恐るといった感じで、一歩ずつ漸登のもとに近づいてみる。

「あの……ご一緒してもいいですか？」

ソファに腰掛けたばかりの漸登は、笑顔を颯太に向けた。

「ああ、もちろん」

「失礼します」

そう言うと、テーブルを挟んで漸登の正面に座った。

昨日は気さくで優しそう、くらいにしか思っていなかったが、彼のこれまで出してきた作品や取ってきた賞のことを知ってしまうと、すごい人に見えてきて、何だかとても緊張する。

「彼から、昨日の話の続きを聞いたのかな？」

漸登が哲の方をアゴで指しながら話しかけてきた。

「はい、俺が大きな勘違いをしているんじゃないかって」

「で？　どうだった？」

颯汰は、恥ずかしそうに下を向いた。

「大きな勘違いをしていました」

「ハハハ」

漸登は声を上げて笑った。

「まあ、そうだろうね。あの話だけだと君が勘違いしてもおかしくない。でも、勘違いをしたまま、誰かに『俺、秘密結社を作ろうと思うんだけど、君も入らない？』なんて小学生みたいなことを言う前でよかったじゃない」

颯汰は、笑顔が引きつった。自分でも顔が赤くなるのがわかる。

「あれ……もしかして」

颯汰は、恥ずかしそうにコクリとうなずいた。

「君、気が早いね。いや、行動力があるねと褒めるべきかな」

漸登は笑いを堪《こら》えるように、手で口元を隠した。

「バカにされたろ？」

「いえ……」

颯汰は、凪早のことを思い出した。思い出すと、もう凪早が自分の彼女ではなくなったんだという事実に気持ちが沈む。

「まあ、相手にすらされなかったって感じです」

漸登はうなずいた。

「そうかい。で……話を聴いてどうだった？」

「正直、みなさんすごいなぁって思いました。中学三年牛の時に、秘密結社を作った七人、一人ひとりがそれぞれの分野で、自分の力で……っていうか、お互いの助けを借りないで、今の場所まで行ったんですよね。俺はてっきり、七人で協力して……一人ずつを今の地位に押し上げていったものだとばかり思っていたので……」

「うん、もちろん一人だけの力で、今いる場所まで来たわけじゃない。いろんな人との出会いや、助けがあって初めて成長できるんだ。それに、Ladybirdのメンバーの力も本当に大きかった」

「御堂さんもそうおっしゃってました」

颯汰は言った。

「本当にいろんなことで助けてもらったよ。みんなは助けたなんて思っていないかもしれないけどね。僕は、みんなそれぞれが頑張っているという事実をいつも感じていた。そのことが、僕にどれだけ力をくれたかわからない。もちろん直接何かを手伝ってもらったわけでもないし、誰かに作家になれるよう口利きしてもらったわけじゃないけど、彼らの存在がなければ、僕は作家になる前に夢を断念していただろうね。いや、それどころか、作家になるための行動を起こさないまま、今は別のことをやっていただろうね」

「月代さんも大学生になって最初の『ホオズキの会』のときには、まだ何もしていなかったっていうことですか？」

颯汰は尋ねた。漸登は微笑みながらうなずいた。

「そう。あのときまでは何もしていなかった。でも、高校時代はずっと作家になりたいって言っていたんだ。もちろん『Ladybird』のメンバーだけにね。高校時代は、それだけでよかったからね」

「それだけっていうと？」

「なりたいって言うだけさ。なりたいって言ってれば、他に何をしていなくても夢があることになる。でも、大学生になって、最初に集まったとき、僕らは選択を迫られたんだ。言うだけじゃなく、本当に行動できる状態になったんだけど、やるのやらないの？ってね。もちろんそんな言葉じゃないよ。でも、今まで言ってきた夢は、あれは口だけだったの？　それとも本気だったの？　って聞かれた気がしたんだよ。肇と謙治にね。その話は？」

「聞きました」

「僕ね、『しまった』って思った。動こうと思ったら動けるはずなのに、何もしないまま大学生活を送っていたからね。でも頭の中にはあったんだよ、『いつかは作品を書いて』っていう思いがね。でも、本気の奴《やつ》にとってその『いつか』はとっくに始まってるんだってそのとき気づかされた。

でも、そのときは、何か素直になれなくてね。肇と謙治に謝ることもできなければ、これから頑張ると宣言することもできないんだよ。代わりに何を考えてるかっていうと『俺だって、大学生活やバイトで何かと忙しいんだよ』ってことさ。でもそんなの言い訳だって自分でもわかってる。だから、あの日、家に帰ってからすぐに、小説を書き始めたんだ。毎日書くって決めてね」

「そこから、作家としてデビューするまで毎日書いたんですか？」

「そうだね。どんなに短くてもいいから必ず物語を書き進めるって決めたからね」

「でも、そこから作家としてデビューするまでって長かったんですよね」

「確か……八年かな」

「そんなに……」

颯汰は、首を振った。想像を絶する覚悟と忍耐力がなければ、そこまで毎日続けることなんてできないだろう。

「でも、その八年がなければ、今の僕はないからね。僕にとっては長くも短くもない、必要な学習期間が八年だった。それだけの話さ」

「当時から、そう思っていたんですか？」

漸登はうなずいた。

「肇と謙治のおかげだな。僕が作家としてデビューしてから21年になる。ほら、どんなに大変でも、作家になるまでの人生よりも、なったあとの人生の方がはるかに長い。その人生をしっかり生きるための力は、簡単に身につくものではないよ」

颯汰は、尊敬のまなざしで漸登を見た。

「理屈はそうかもしれませんが、やっぱり、俺なら心が折れちゃうかも……だって八年だもん」

颯汰は独り言のように感嘆しながら言った。

「その八年間、やめようと思ったことはなかったんですか」

「ん〜ないね。毎日ほんの少しでもいいから、前に進んでいるという実感があれば、昨日の自分よりも一歩目標に近づいたって思えたからね。努力し続ける以上、ほんの少しかもしれないが良くなっていくしかないだろ。日々……」

「漸進！」

颯汰は、自分の部屋に掲げられた、自分の書いた文字を思い出して、つい言葉を発した。

漸登は驚いたような顔をして、すぐに微笑んだ。

「そう、日々漸進する。自分の名前のような男になろうと思ってね」

颯汰は不思議な繋《つな》がりを感じて、目が輝いた。

「それがすごいっすよね」

「それも、やっぱりLadybirdのメンバーのおかげだね。僕は作品を書き上げる度に、このメンバーだけには読んでもらっていたんだ。そこでの評価は上々だった。普通に売ってる本より面白いってみんな言ってくれたんだ。僕は、ここのメンバーがおべっかを言うような奴らじゃないってことを知ってるから本当に嬉《うれ》しかったし、それは自信になった。

颯汰君、出版社ってどれくらいの数あるか知ってる？」

「え？」

颯汰は、急に質問されて言葉に詰まった。出版社の数なんて考えたこともない。想像もつかない。

「全くわからないですけど……一〇〇社くらいですか？」

漸登は首を横に振った。

「三五〇〇社ほどある」

颯汰は驚いた。

「そんなに？」

「ああ。そんなにあるんだよ。僕が作家になる前は四〇〇〇社以上もあった。そのすべての会社が、面白い本を探してるんだ。すごい作家が登場して、自分の会社から本を出してくれないかと期待している。そして、ここのメンバーは六人中六人が、僕の本は面白いって言ってくれるんだよ。四〇〇〇社の中で一社くらいは僕の作品を出してみようって言ってくれてもおかしくないだろ？　実際には一社どころかもっとたくさんあるかもしれない。ようは、その一社に出会うまで作品を書くのをやめないってことだよ。やめなければその一社と出会える日が必ず来る。それがいつかわからないだけさ」

「やめなければ、その日は来る……」

颯太は、そんな感覚で物事を達成しようと考えたことがなかった。

「俺は、そんな風に考えたことがありませんでした。いつも焦ってるっていうか、やめなければ、その日は来るなんて考えたことありませんでしたから、何て言うのかな、すごい……新鮮です」

漸登は優しく微笑みながら話を続けた。

「そう感じるのも無理はない。それは君が『ある道』を歩いて来たからさ」

「ある道……ですか」

「そう。誰かが作った道と言った方がいいかもしれない。『すでにある道』っていう意味さ。誰かが作った道を使って目的地にたどり着く方法を選択すると、どうしても少ないイスを巡っての椅子取りゲームが始まる。その競争の苦しさは受験生である君は身にしみて感じているだろう」

颯太はまた眉間にしわを寄せて聴いている。漸登の言おうとしていることを理解しようとしているが、今ひとつピンと来ていない。

その様子を見て漸登がもう一度説明をしてくれた。

「例えば、君が弁護士になりたいとするよね。どうやったらなれるかな？」

「まず、大学の法学部に行って、それから法科大学院に行って、そのあと司法試験を受けて合格したら……ですか」

漸登は満足そうにうなずいた。

「まあ、それだけじゃないけどおおむねあってるよ。そこでもうひとつ聞くけど、弁護士になるのって簡単かな？」

颯汰は首を振った。

「いいえ、難しいです」

「どうして？　君を含めて世の中の高校生はみんな、どうやったらなれるか、つまり『道』はわかっているのに、どうしてそんなに難しいの？」

「それは、だって……なり方は誰でもわかるけど、試験が難しいから……」

「そういうことだよ。わかるかい。弁護士になるための『道』はハッキリしている。誰もが知っている、誰かが作った道を行くしかない。同時に、そこには五年以内にという制限時間まである。そうなると、ゆっくりでもいいから自分のペースで漸進していれば、いつかその日は来るなんて思えるはずもないよね。大学受験も同じだよね。その大学に行く方法が、決められた試験を受けることって決まってる。合格できる人数も決まっている。人によって現役で、とか、一浪までって時間制限もある。結果、どうしても競争するしかない。だから、続けていればその日は来るなんて気持ちにはとてもなれないんだ。でも、道が決まっていない職業ならどう？　例えば作家……颯汰君は、作家ってどうやってなるか知ってる？」

「……やっぱり作品を書いて、作品をどこかに応募して賞をもらうとか？」

漸登は首を振った。

「残念ながら、不正解。答えは『一人ひとり違う』だ。僕は作家仲間が集まるパーティーや授賞式なんかに出席するとね、隣に座った人に聞くんだよ。どうやって作家になったんですかって。これまでたくさんの人に聞いたけど、同じ答えの人は一人もいなかった。つまり、みんな違うんだ。女優や映画監督、読書ソムリエ、ブランドオーナー、ここのメンバーの多くの職業も誰かが作った道がないよね。どうやったらなれるかわからない。そして、何人しかなれないなんて定員もないし、いつまでにという時間制限もない。そう、道を自分で作った人だけがたどり着ける場所なんだよ」

「道を自分で作る……ですか……」

「誰かが作った道を歩くなら競争をしなければならないけど、自分が作る道なら競争はしなくていい。自分のペースでゆっくり作ればいいからね。もちろんどちらも楽ではない。でも、人によっては自分で道を作るのが大変だっていう人もいる。でも、どれだけ大変でも、挑戦し続ける勇気を持って、やめさえしなければ、誰かと競争しているわけではないから……」

「その日は来る」

颯汰が、言葉を繋いだ。

「そういうことだ。競争ではなく道なき道を作る挑戦を続ける生き方だってある。人より時間がかかってもいい。諦めないで続けることで、自分だけの道ができる。そうやってたどり着く頂上だってあるってことを知っておくだけでも、意味があるんじゃないかな」

「はい……」

「ほお……君、案外素直だね」

颯汰は頭をかいた。学校の友達が見たら、颯汰が大人に対して素直なときがあるのかと驚くだろう。でも、この人たちの前では、素直になるしかない。自分とは、いや自分の知っている大人たちとは、人間力というか、生きるたくましさのようなものが違いすぎる。人生観、価値観、物事を見る視点、すべてが颯汰にとって新鮮だった。

「俺は……みなさんみたいな大人になりたいです」

自分の口から出てきた言葉に颯汰は驚いた。心の中で想《おも》っていても、そんなことは人前で口に出したことがない。でも、紛れもない颯汰の本心だった。

「そんな風に言ってもらえると、嬉しいねぇ」

漸登は眼鏡の奥の眼を細めた。

「でも、僕たちみたいな大人になるためには、哲や僕だけじゃなく、やっぱり僕らの人生を変えるきっかけを作ってくれた、あいつにも直接会って話を聴いてきた方がいいんじゃないかな」

颯汰はドキッとした。

「もしかして……熊谷さんですか」

颯汰の顔は引きつった。

「ああ、そうだよ」

漸登は、こともなげに言った。カウンターの向こうでは哲もうなずいている。

「君にとっては意外かもしれないが、もう一度ここに来たら、俺を訪ねてくるよう、伝えておいてくれって、ついさっき謙治から電話で君への伝言を頼まれているんだよ」

哲が言った。

「え？　本当ですか？」

颯汰は、何かを教えてくれるのではという予感の前に、「恐《こわ》い」という感覚しか持てなかった。

「どうして、俺はあの人に呼ばれたんだ？」

何度も自問自答を繰り返すが、答えは出ない。颯汰の額には変な汗が流れた。

縁

翌日、いつもより早起きをした颯汰は、すぐに着替えて、出かける準備をした。ちょっとした緊張感が颯汰を包んでいる。

颯汰の家から「熊谷建築デザイン事務所」までは自転車で35分の距離だそうだ。携帯のルート案内が教えてくれている。

これから会いに行く人の顔を思い浮かべると、颯汰の気は重かった。

特に待ち合わせをしているわけでもないので、本当に行くのかどうか決めかねていたが、携帯に場所だけ入力して、サイクリングを楽しむつもりでとりあえず家を出た。外は相変わらず灼熱地獄《しゃくねつじごく》だ。

同じ市内とはいえ、颯汰の家がある松門中学区と、熊谷の橘《たちばな》南中学区は遠く離れている。近くを走っている幹線道路は、もちろん車などで通ったことはあるが、入り組んだ道となると初めての道ばかりだ。颯汰は、国道に平行して通る旧道をのんびりと走ることにした。旧道沿いには幅1メートルほどの用水路が続いていて、透明な水の流れになびいている水草や魚などを見ていると気持ちよさそうで、あまりの暑さに、足を突っ込みたくなる。車通りは少ないが、たまに来る車をよけようとするとガードレールもないので用水路に自転車ごと落ちそうだ。建ち並ぶ家も、敷地が広く古い日本家屋が多い。一本、道が違うだけで、見える景色がこれほども違うということを、何となく感慨深く思いながら、颯汰はできるだけゆっくりとペダルを漕いだ。

それにもかかわらず、自転車はあっという間に颯汰を目的地である熊谷の事務所まで運んでしまった。携帯を見ると、家を出てからきっかり35分だった。

広い敷地の入り口には、大型のトラックでも十分に出入りできる大きさの門があって、「株式会社熊谷工務店」という年季の入った縦書きの大きな木の表札と、その隣に「熊谷建築デザイン事務所」というデザイン性の高いプレートが並んで掲げられている。

人が出払っているのか、敷地の中には人気がないが、門のスライド式ゲートは開けられていて出入りはできるようになっている。颯汰は、入り口前で自転車を止めると、サドルにまたがったまま、中の様子をうかがった。

大きな建物がふたつ。左側は工務店の建物で、右側が自宅だろうか。工務店の奥にはプレハブの倉庫があり、入ってすぐ左側にシャッター付きのガレージがある。車四台分が止められる大きさだ。シャッターが開いている方にはトラックが二台止まっている。

颯汰は自転車を降りて、恐る恐る門の中に入った。歩きながら門の上に設置された監視カメラを見る。

「中で、誰かが見ているのだろうか、それとも録画されているのだろうか……」

いずれにしても、映ってしまった以上、もう引き返すことはできない。

颯汰は、人気のない左側にある工務店の建物ではなく、自宅らしき建物の方に近づいていった。

さすがに話題の建築士の家だけあって、外から見ただけで普通の家と全く雰囲気が違う。颯汰が小学校低学年のとき、家を建て替えるということになり、父の信一に連れられて住宅展示場に行ったことがある。どの家も素敵でワクワクしていたが、できあがった自分の家を見て拍子抜けしたのを覚えている。見に行った家とあまりにも違っていたからだ。ところが、目の前の家は住宅展示場にあったような、いや、それとも一味も二味も違う、立派な外観をしている。颯汰は思わず息をのんだ。

入り口前に立ち、颯汰は息を整えた。玄関はモダンな感じの引き戸タイプになっていて、「熊谷」と書かれた表札の下にインターホンがある。颯汰は意を決してインターホンを押した。

「おお、来たのか」

颯汰が名乗る前に、インターホンについているカメラで確認したのか熊谷が言った。

「開いてるから、入ってくれ」

「わかりました……」

颯汰は引き戸を開けた。

通り土間が奥の勝手口まで延びている。土間に沿って左の壁には一面の本棚と、暖炉が設置されている。土間の突き当たりで左に上がるとそこは階段だ。土間の上にはピカピカに磨かれたいかにも速そうな白と赤の自転車が置いてある。その土間の広さだけでも、颯汰の家のリビングぐらいありそうだ。土間に沿った右側は土間と段差がほとんどない吹き抜けで、広い部屋は木の色を活かした無垢《むく》のフローリングで応接用のソファとテーブルが部屋の真ん中に置いてある。自宅と思われたそこは、どうやらデザイン事務所だったらしい。熊谷謙治は、一番奥にある熊谷の仕事用デスクのソファに座って仕事をしている最中だったようで、目だけで颯汰を確認すると、作業している手を止めずに、

「そこに座って、ちょっと待っててくれ」

と言ったきり、また仕事に集中した。

「すいません。おじゃまします……」

颯汰は、そう言うと、できるだけ音を立てないように、土間で靴を脱いで事務所に上がった。

応接用のソファに座ると、謙治の邪魔にならないようにじっとしながらも、やることもなく、ただ部屋全体を見回していた。

部屋のつくりから、置いてあるものまで、颯汰が見たことがないものばかりで見ていて飽きないはずなのだが、熊谷のことが気になって、それを楽しむどころではない。

颯汰は、しばらくそうしていたが、いつまで経《た》っても謙治から声がかからず、いよいよ居心地が悪くなって、

「あの……お仕事お忙しかったようですから、日を改めましょうか……」

と慣れない敬語を口にしてみたが、

「いや、もう終わるから待っててくれ。別の日に来られた方が忙しくって困る」

とピシャリと言われてしまったので、颯太は小さな声で「はい」と返事をして、硬くなって待っているしかなかった。

「よし！」

熊谷謙治の方から、一区切りついたような声が聞こえてきた。

「待たせたな」

そう言いながら、謙治は颯太の方に近づいてきて、テーブルを挟んで颯太の目の前に座った。

「いえ……」

颯太が緊張している様子を感じ取って、謙治は笑みを浮かべた。

「兄ちゃん。俺がなんでお前を呼び出したかわからなくって、緊張してるだろ」

「はい……」

颯太は正直に、そう返事をして謙治の顔を見た。謙治は鼻で笑った。

「フン。俺だって、好きで呼んだわけじゃねえよ。でもメンバーみんなで決めたことには逆らえないからな。仕方なくお前に来てもらった」

謙治は、面倒くさそうな顔をした。

「何か飲むか？」

謙治はぶっきらぼうに聞きながら立ち上がった。

「いいえ、大丈夫です」

謙治はそれが聞こえなかったのか、奥に行くと二人分のアイスコーヒーを入れて持ってきてくれた。

「あ、ありがとうございます」

颯汰は礼を言ったが、謙治は特にそれに対して反応をするわけではなかった。

「桜山颯汰。暁高校書道部。お前、どうして水泳やめたんだ？」

「え？」

謙治の唐突な質問に、颯汰は言葉を失った。

驚く颯汰の顔を見て、謙治は頬を緩めた。

「なんでそんなことをこのおっさんは知ってるんだって顔だな。覚えとけよ。世間は案外狭いもんだ。お前、出口浩って知ってるだろ？」

「出口……はい、知ってます」

謙治が口にしたのは、颯汰の中学時代の同級生で、同じ水泳部だった奴《やつ》の名前だった。

「その親父《おやじ》さんは、うちの社員なんだよ。おとといお前は、名前と住所を自分で言っただろ。そういえば、うちの出口に同じ年の頃の息子がいたってことを思い出して、お前のことを聞いてみたんだよ。そしたら、知ってるも何も、中学ん時は息子と同じ水泳部だったって話じゃねえかよ……な、世間は狭いもんだろ。こんな小さな田舎町じゃぁ、一人、二人挟めばみんな繋《つな》がってるもんだ」

「へぇ……」

颯汰は単純に驚いた。確かに世間は狭いと言わざるを得ない。

「そこで、お前のことを聞いたんだ。お前、すごい才能を持った水泳選手だったらしいじゃないか。なのにやめて書道部に入ったんだろ。みんな、もったいないって言ってたらしい」

「そんな……才能なんて、なかったですよ。万年二位でしたし……」

颯汰は、頭をかきながら言った。謙治は照れ隠しをしようとする颯汰の目をじっと見ていたが、颯汰は、恐《こわ》くてその目を見るどころではなかった。

「で、なんでやめたんだ。水泳」

謙治は、その理由を聞くまでは話を続けるつもりはないという、強い意志を感じさせる表情で颯汰のことを見ている。颯汰は、黙ってしまった。そもそも、なんでやめたかなんて説明できる言葉を持っていない。自分でも上手に言葉にできないのがわかる。だが「何となくやめました」という理由が謙治に通用するとも思えなかった。

颯汰は、黙ったままどう言っていいのかを思案していた。時間だけが過ぎていく……焦りを感じるが、焦れば焦るほど、上手に説明する言葉は出てこないで、頭の中に出てくる言葉は「どうしよう」ばかりになっていった。何度かちらりと謙治の顔を見たが、颯汰を見据える謙治の表情は、

「俺には、どうしてお前が水泳をやめたかわかるぞ」

と言っている顔のように見えて、何度も目をそらした。

「ああ、もう……お前は」

その様子に、痺《しび》れをきらした謙治が、貧乏ゆすりをしながら大きな声を上げた。

「最初っからそうだ。俺はお前みたいな奴を見ていると、イライラするんだよ」

謙治は、ソファにふんぞり返って両手を頭のうしろで組んだ。

颯汰は、月代漸登に言われるままにノコノコと来るんじゃなかったと、後悔した。

「……」

颯汰は、何の反応も示さないでうつむいていた。謙治は小さな声で言った。

「昔の自分を見ているみたいだからさ」

颯汰は思わず謙治の顔を見た。

気のせいかもしれないが、目の前にいる熊谷謙治はこれまでとは違う柔和な表情をしているようにも見えた。

「不思議なもんでな、人間は同じタイプの人間を見ると直感でわかるもんだ。俺は最初に

お前を見たときに、昔の自分にそっくりのタイプの人間だと感じた。出口の話を聴いて確信した。やっぱり俺の直感は間違ってなかったってな。だからお前みたいな奴が、俺みたいな大人が苦手だってこともよくわかってるし、何て言われるのが一番嫌かもよくわかる。だから無理にとは言わない。帰りたければ帰っていい。でも、お前に聞いて欲しい話もある。それは、似た者同士だからこそわかることだが、お前みたいな奴にとってこそ、肇のような奴との出会いが必要だということだ」

颯汰は、もはや、謙治の一言一言に反応するのをやめてじっと謙治の方を見ているだけだった。

「俺は、本当に縁に恵まれた。もし、中学のとき、二階堂肇に出会っていなければ、今とは全く違う人生になっていただろう。勉強もしないで、若いときは遊びほうけて、実家が工務店だったから、適当に高校時代は遊んで、卒業したら大工になって、結局は工務店の後を継いではいたんだろうが、そうなると今頃は、時代の波にのまれてとっくに会社を潰していただろうな。そうならなかったのは、あいつのおかげだ。

そんなあいつが、お前にはいない。いたのかもしれないが、これまでの人生で、お前が気づかなかったから、今のお前のままここまで来てる。俺は、お前にとっての肇にはなれないが、肇が俺に教えてくれたことを、お前に話してやることはできる。どうする……聴いていくか」

切れ目なく話をする謙治に圧倒されながら、颯汰はどう返事をしていいのか迷っていた。謙治は、颯汰に話をしたいのか、それとも帰って欲しいのか話だけを聴いているとよくわからない。ただ、どういう理由かはわからないが、二階堂肇と出会って教えてもらったことを、颯汰に伝えようとしてくれていることだけはわかる。

謙治に対する恐さはぬぐい去れないものの、ここまで来たのは、まさにその話を聴くためじゃないかと自らを鼓舞して、颯汰は無言で首を縦に振った。

謙治はその様子を見ると、満足げにひとつ大きくうなずいた。

「よし、じゃあひとつ聞く。青年、お前かっこいい男になりたくねえか？」

「そりゃあ……なりたいです」

颯汰は遠慮がちに答えた。

「だよな。じゃあ、どんな男がかっこいい？　かっこいい男ってなんだ」

颯汰はしばらく考えて答えた。

「……はっきりとは、言葉で説明できないんすけど……Ladybirdのみなさんみたいな人たちは、かっこいいって思います。普通の人が手に入れられない成功を、それぞれが手に入れて生きていて……」

「いわゆる成功者って奴か」

謙治は鼻で笑った。

「確かに、手にした結果や今の状態だけを見れば、Ladybird のメンバーはみんなかっこいい大人に見えるのはわかる。でも、もうお前にもわかるだろ。お前が俺たちを見て、かっこいいと思う一番の理由は、俺たちが手にした何かが大きいからとか、多いからとか、そういった理由じゃないってことが」

颯汰は一瞬「ハッ」と息をのんでから、うなずいた。

「それがわかってるならどうだ。今までのお前は、かっこいい奴だったか」

颯汰は、うなだれた。謙治が言おうとしていることはわかる。自分は、自分がかっこいいと思う大人とは正反対のことをやってきたのだ。

無意識のうちに、素晴らしい結果や誰もが羨《うらや》むような成功を手に入れた人がかっこいいと決めつけていたのだろう。水泳でも一番高い表彰台に上がる奴がかっこいい。勉強でも誰よりもいい点数がとれる奴がかっこいい。そしてそれができる奴は、才能が自分よりも優れているから羨ましい。そう思っていた。

同時に、自分の努力によってその壁を越えようとすることは、どこかかっこわるいことのように思っていたのだろう。だから、最も惨めでかっこわるいことは、誰よりも、努力を積んで練習に打ち込むものの、試合に出られないことや、レースで勝てないことになる。その、最も惨めでかっこわるいことを避けるために、自分は何においても真面目に努力をすることを避けてきたし、結果として水泳をやめてしまった。

そして今また、勉強も本気になることなく、投げ出そうとしている。

それまで、自分のことをそのように自己分析していたわけではない。でも、自分がしてきたことを客観的にふり返ってみると、他の人からはそうとしか見えない行動をとってきたことだけは、今この瞬間に、ハッキリと自覚した。だとしたら、自分は、本当にかっこわるい奴だ。

「俺、かっこわるい奴でした……」

颯汰はつぶやくように言った。

「見りゃわかるよ」

謙治は、慰めるでもなく正直に言った。ただ、その言い方は、慈愛に満ちた言い方のように颯汰には感じられた。今の颯汰にとっては、慰めるように「そんなことないよ」と言われるよりもありがたいと思えた。

「見た目でかっこつけようとして髪の色なんかを変えてるわりには、着ているものや持っているものに対する愛情を感じない。そこに置いてある靴のかかとや脱ぎ方を見れば、お前が自分の持ち物を大事にしない奴だってことがすぐわかる。家族や友人、彼女もお前は大事にしていないだろう。おとといお前が倒れたときだって、昼前だってのに寝癖がついてたろ。夏休みにどんな生活をしているのかが手に取るようにわかるぞ。中学時代の水泳の話にしたってそうだ。もともと人より優れているものをやるときには得意げだが、自分よりもすごい奴を前にすると、すぐにやる気をなくす。そのくせプライドが高いもんだから、必死で練習して相手に勝つことよりも、必死で練習して相手に負ける姿を周りに見られるのが嫌いだ。だから、練習をすることよりも、しないことを選ぶ。

中学時代のその経験から、同じ失敗をしないように心を入れ替えたんならいいが、今度は大学受験でも同じようなことをしようとしてる。つまり、まだ気づいていない。

なぜ、そう予想できるかわかるか。そういう奴は、楽して、いい結果が得られる方法をいつも探している。そういう方法が見つかれば幸せだと思ってる。だから、秘密結社なんて子供じみたバカげた考えに、飛びついてしまう。これなら、自分が頑張らなくても、他の人の力で成功を手にできるんじゃないかって考えてな。詐欺が一番だましやすいタイプの人間だ」

謙治の言っていることは、いちいち的を射ている。

すべての言葉が心に突き刺さった。ただ、耐えられない痛みではない。そこには、やはり、謙治の優しさのようなものも感じるのだ。

これまで、そんなことを、颯汰の周りの大人には言われたことがなかった。水泳にしても勉強にしても、たいした努力なしで器用にこなす颯汰を「すごい」「天才」と持ち上げてくれた。その言葉に、颯汰はいい気分になり、

「俺、褒められると伸びるタイプッすから」

などと返すことが常だった。謙治にはそこまでお見通しだったらしい。

「結果として、周りは褒めてくれるかもしれない。練習しないのに才能だけでそこまで行けるなんてすごいってな。だけど、他人はいくらでもだませても、自分はだませねえぞ」

颯汰は、目を見開いた。謙治の口調は更に優しさを帯びた。

「みんなは、だまされようとしてくれるけど、お前は自分をだますことはできない。お前は知ってるんだよ。逃げたってことを。人に聞かれればいちいち理由を説明できるだろうが、お前だけは、自分が逃げたってことを知ってる。そうだろ？　兄ちゃん」

颯汰は、反応することができず、ただ謙治の目を見据えた。これ以上、まともに自分のこととして受け止め続けたら涙が溢《あふ》れそうだった。その涙を必死で堪《こら》えたが、堪えた涙が鼻水となって流れ落ちそうになる。それを何度もすすった。

「覚えとけ、兄ちゃん。そういう奴は、端から見ててかっこわるいってことを」

颯汰は、うなずいた。

「その上で、決めるのはお前だ。お前はお前の人生そのままでいいか？　かっこわるいまま生きるか？」

浮かべていた笑みを消して謙治は真剣な表情をした。颯汰は、首を横に振る代わりに、謙治の目を見据えることで返事をした。その表情は謙治に、颯汰の言いたいことを伝えるには十分だったらしい。

「だったら、もう逃げるな。お前がかっこいい奴になりたいのなら、もう逃げないって決めろ。お前は、無意識のうちに逃げるのが癖になってる。そして逃げずに戦ってる奴をバカにして生きることで辛うじてバランスをとってる」

これほどこれまでの自分のことを端的に表現している一言はないだろう。自分は逃げるのが癖になっている。それがわかったときの颯汰の感情は、自分に対する悔しさと怒りだった。颯汰は力強くうなずいた。

「お前には、他の奴にない才能がたくさんある。それに気づくためには、運も必要だろう。それもある。あと足りてないのは、逃げないって覚悟だ。逃げないって決めて自分を磨いてみろよ。何にもしないで開花する才能なんてねぇんだよ」

颯汰は、謙治の言葉に打たれ、黙って一点を見つめていた。心に突き刺さった火矢は、そのまま、颯汰の心を燃やし、身体《からだ》の中が熱くなっているのがわかる。

謙治は、特に返事を求めずに、じっと座って考え込んでいるように見える颯汰を、そのままにして一度ソファから腰を上げた。ゆっくりと部屋を歩き、自分の作業机のところまで行くと、机の上にある一枚の写真立てを持って、再び颯汰のところに歩み寄った。

「ほら」

差し出された写真立てを、颯汰は受け取った。

そこには、七人の制服を着た男女が写っている。すぐに、例の読書感想文大会の日の写真だということがわかる。目の前の写真に写る15歳の少年少女たちを見ると、今の48歳になった、颯汰の知っている六人にも当時の面影が残っていることがわかる。

「これが俺で、隣が肇だ」

颯汰は、写真に写る自分と同じような髪の色をした中学生を見た。制服も他の六人とは違って、少しだらしなく着崩している。

「俺は、本当は兄ちゃんに偉そうなことは言えないんだよ。さっき言っただろ。お前と俺は似ているって。もうわかるだろ。そんな俺を変えてくれたのが肇だった」

そう言いながら、謙治はもう一度、先ほどと同じように颯汰の前に座った。

「お前にとっての水泳は、俺にとっての野球だった。で、今お前に言ったほぼすべての言葉を、中三の肇は俺に言ったんだ。中学三年の春だった。粋がってた不良の俺に、あいつは本気で言ってくれた。俺は自分が逃げてるなんて思っていなかったから、反論しようとしたが、あいつは……」

謙治は言葉に詰まった。

その姿は、これまで颯汰が見てきた謙治の姿とは違って見えた。15歳の少年がそのまま大きくなったようなそんな錯覚に陥った。

「お前はそれじゃダメだ。もっとすごい奴だって……毎日言い続けてくれた。先生たちも、同級生も、みんな俺の存在を避けることとしかしなかったのに、あいつだけは……違った」

謙治の頬に涙が伝った。

「あいつは俺にとっての神だよ。俺はあいつに救われた。肇がいなければ、肇と出会っていなければ、俺は、どうしようもない人間になっていただろう。だから、俺は、人生をかけてあいつに恩返しをしようと心に決めたんだ。それなのに……あいつは俺から何も受け取らないで……さっさとあの世に行っちまった」

颯汰は、謙治の様子を驚きとともに見守ることしかできなかった。謙治はしばらく背を丸めたままうつむいていたが、鼻をすると顔を上げた。

「すまねえな。あいつのことを考えると、どうしても止められねえんだよ」

颯汰は首を横に振った。二日前、本庄が言っていた、熊谷は口は悪いけど、中身は悪い奴じゃないという言葉がよぎった。謙治はもう一度鼻をすすった。

「お前も、Ladybird の説明をもう聞いただろ。どうやってできたのかと、どうやってここまで来たのかの話だ。そして、その目的も……」

「はい……」

颯汰は、小さく答えた。

「俺たちの結成の目的はなんだ」

颯汰は、哲の話を思い出しながら、自分の答えが勘違いしたままの答えにならないように慎重に答えた。

「えっと、それぞれが力を出し合うことで、一人の力では持ち上げることができないものも、七人が力を合わせれば、持ち上げることができるから、そのために結成された……んですよね」

「ああそうだ。そして、そのためには、一人ひとりが自分の力で持ち上げられるものは持ち上げられるだけの力をつけなきゃダメだって頑張ってきた。七人が七人とも、他のメンバーの力を借りずに、本当に頑張って今の自分のところまで登ってきたんだ。ってことはどうだ」

「どうって……」

颯汰は、謙治の質問の意味を考えた。その前に謙治が言ったのは、

「それなのに……あいつは俺から何も受け取らないで……さっさと……あの世に行っちまった」

だった。

「あ……」

颯汰は声を上げた。

「結局、秘密結社 Ladybird って、一人の力では持ち上げることができない大きなものをみんなで持ち上げたことがないってことですか……」

謙治は小さくうなずいた。

「結局30年かけてやったことは、小学生のごっこ遊びと同じってことだよ。俺らは肇にまんまと乗せられて、それぞれの夢を実現するためにLadybirdを利用してここまで来た。そんな七人が集まったら、スゲエでかいことができるだろうって思うだろ。俺たちも思っていた。だけど、そのスゲエでかいことが具体的に何かがわからない。同時に『そろそろみんな力がついてきたから、みんなでこれをやらないか』って最初に言い出すとしたら、肇しかいないだろうって、誰もが暗黙のうちに思い込んでいた。肇がそれを言い出さないってことは、それぞれがまだ一人前の力が身についてないってことだろうって、ただガムシャラに目の前のことに打ち込んでな。そしたら、肇がそんな話をする前にいなくなっちまった」

謙治はまた涙目になっていた。この二人の友情は、颯汰にはわからないほど深い、そして強い絆《きずな》で結ばれているのだろう。

「結果、もちろんあいつ自身もそうだったかもしれないが、俺たち六人は、Ladybirdに所属していなければ、開花させることができなかった自分の能力を磨ききって、これ以上ない成果を人生において手に入れることが今のところできている。俺だけじゃなく、みんなそれは肇のおかげだとわかっている。だから、いつか肇が『いよいよこれのためにみんなの力を貸して欲しい』っていう日が来たら、全力でそれをサポートするつもりでいた。あいつは、30年以上もかけて、俺らをペテンにかけていやがったんだろう……」

謙治は遠い目をした。

「……そう思ってた」

颯汰は、目を見開いた。

「思ってたってことは、違ったってことですか？」

「ああ。やっぱりあいつは、この活動をこれで終わらせるつもりじゃなかった。これまでは第一段階で、これからが第二段階だと考えていた。その内容を俺たちは、おととい初めて知った。お前が帰ったあとだ」

「俺が帰ったあと……ですか」

謙治はうなずいた。

「亡くなる直前、肇は一通の手紙を哲宛てに出していた。そこには『次のホオズキの会で開封して欲しい』と書かれた手紙が入っていた。そのことを俺たちは事前に知っていたから、俺は早くその中身が知りたかった。そこへ、お前が転がり込んできたってわけだ」

颯汰は、おとといの状況を思い出していた。謙治が自分のことを早く帰そうとしていた理由はそこにあったのだろう。

「本庄がお前を見つけて、中に運ぼうって言い出した。俺と保科は反対したかったが、放っておくわけにはいかないのはわかる。だから渋々同意した。本庄ら三人がお前をLadybirdに運んだ。気が付いたらすぐに帰すつもりだからってな。そのあとのことは、お前もわかるだろ」

「はい……」

謙治はうなずいた。

「俺たちは、お前が帰ったあと、肇がよこした手紙を開封した。そこには、Ladybird として、これから俺たちが目指すべき道が記されていた」

「これからみなさんで、何をやるんですか？」

「それは、お前は知らなくていい。俺たちの問題だ。だが、その前に、みんな考えているのはお前のことだった」

「俺……ですか」

「ああ。お前だ。詳しい内容は話せないが、肇が残した手紙の内容は、まさにお前が転がり込んでくるのを予言していたかのような内容だった。偶然にしてはあまりにもできすぎているタイミングでお前はやってきた。そして、成り行き上、仕方ないとはいえ俺たちは、肇を除く六人が揃《そろ》う中で、初めて『Ladybird』の存在を、メンバー以外に打ち明けた。お前は肇が俺たちに遣わした使者じゃないかと思った。もしそうなら、お前にはもっとちゃんと話をしなければならないんじゃないかって、哲が言い出した。きっと、あの話だけだとお前は大きな勘違いをしてしまっているってな。

もしそうだとしたら、そのままにしておくのは、肇の遺志に反することだった」

颯汰は、うなずきながら聞いていた。颯汰が知らないところで、二階堂肇が自分と御堂哲や月代漸登、そして、今は熊谷謙治を繋いでくれていたかのようだ。

「俺は、その瞬間にそんな面倒なことはごめんだって思った。でも、考えれば考えるほど肇はきっと俺にこの手紙を書いて残したんだと思えてきた。さっきまで目の前にいたお前は、肇と出会う前の俺とそっくりのガキだったから。

そこに現れたのが、お前ではなければ、そんな風に感じなかったかもしれない。でも、お前だったから俺は、肇の野郎が笑って見てやがるような気がした。『昔のお前みたいな奴を預けるから、少しは俺の苦労を知れ』って言いながらな。

俺は一晩考えて決めた。肇が俺に与えてくれた恩を、すべてお前に返そうってな」

颯汰は驚いた。話の流れからするともちろん嬉《うれ》しい話ではあるが、果たして自分に受け取ることができる器があるのかどうかがわからない。それほど、謙治が渡そうとしているものは大きなもののように思えた。

「もちろん、お前が受け取るつもりがあるならの話だ」

謙治の言葉に、颯汰は背筋を伸ばした。

「それは、本当に光栄なことなんですが……果たして俺に、それを受け取るだけの器があるかどうかが……」

「お前にその気がないなら、別の誰かに渡すまでだ……でもな、兄ちゃん。やっぱり逃げるのはもうやめねえか。かっこいい大人になりたいんだろ」

諭すように語りかける謙治の優しさに、颯汰は涙が出そうになった。

颯汰はテーブルの一点をしばらく見つめたあと、小さくコクリとうなずいた。

同時に、颯汰の目から一粒涙がこぼれた。

小さな涙ではあるが、颯汰にとっては、今までの自分との決別を意味する覚悟の涙でもあった。この小さなひとつのうなずきの瞬間に、颯汰は新しい自分として生きていきたいと、強く望んだ。

颯汰の感情が一段落するのを確認すると、謙治はチラッと時計を目にした。

「兄ちゃん。残念だが、俺はこのあと仕事の打合せがある。今日はこのくらいにして、続きは別の日にしないか」

颯汰はうなずいた。

「これから、いろいろと教えてもらえるってことですか」

「おいおい、甘えるんじゃねえよ。いろいろ教えるなんて言ってないぞ。俺が肇からもらった恩を、お前に渡すと言っただけだ。明後日《あさって》暇か？」

「あ……はい」

「よし、じゃあ明後日の10時に、もう一度ここに来てくれ。続きの話をしよう。でも、その一日だけだ」

「一日だけ……ですか」

颯汰は息をのんだ。

「ああそうだ。何でもかんでも教えてもらおうとしたらダメだ。俺や肇の言葉を胸に刻んだら、あとはそれをお前の人生を支える柱になるまで、お前自身が太く強く育てるんだよ。行動によってな」

「胸に刻んで……行動して……人生を支える柱にする」

「ああそうだ。それは、お前にしかできない。だから明後日、話をしたら、向こう一年は会うつもりはない。その間、お前がしっかりその言葉を自分の中で育てるんだ。俺たちもそうやって成長していったんだ。お前もそうしてみろ。それで、そんな一年を送れたと自分で思えたら、来年また会いに来な。とてもじゃないけど、俺に顔向けできないような一年の過ごし方しかできなかった場合は、そのまま二度と会いに来なければいい。Ladybird の掟《おきて》は、『抜けるのは自由』だ」

颯汰は、緊張して、ゴクリとつばを飲み込んだ。一年に一度の教えを、一年かけて自分のものに育てきったと感じたときには次の年も教えてもらえる。ありがたい申し出ではあるが、自分を律するための並々ならぬ覚悟が必要なのは、颯汰にもわかる。

「そのつもりで明後日来いよ」

「わかりました」

颯太は、背筋をただして返事をした。表情は緊張でこわばっているものの、いい表情をしていると謙治は思った。

颯太は、立ち上がると、土間の方へ歩いた。自分が脱いだ靴のかかとがひしゃげているのがとても恥ずかしいことのように思えた。

靴を履いて、謙治の方を向くと、何気なくひとつの質問が口から出た。

「そういえば、ずっと使っていたっていう『ホオズキの会』の部屋って、まだあるんですか？」

「ん？」

謙治は、一瞬考えるような仕草をしたが、

「あるぞ。今は倅《せがれ》の部屋になってるがそのままだ。見ていくか？」

と言った。

「いいんですか？」

「まあ、いいだろう。たぶん今は倅もいないだろうし」

そう言って謙治は自分も靴を履いて、アゴをしゃくった。

「俺もあまり時間がない。ちょっと見るだけになるぞ」

通り土間を奥の勝手口のところまで行き、扉を開けたその向こうには、もう一軒家が建っていた。

「こっちが、住居だ」

そう言って、謙治は玄関を開けると、靴を脱いで慣れた手つきでそれを揃えた。颯汰は、それにならって、自分も丁寧に靴を揃えた。

謙治のあとについて長い廊下を歩いた。こっちの家は部屋数が多くて廊下が入り組んでいる。ひとつの家の中なのに迷路のようで迷子になりそうだ。

「ここだ」

謙治が一枚の扉の前で立ち止まった。

七人の若者の人生を変えた場所、その入り口に今立っている。それだけで颯汰は心が躍った。

謙治がドアノブに手をかけて、扉を開けようとしたときに、うしろから怒号が聞こえてきた。あまりにとっさのことで、颯汰は飛び上がらんばかりに「ビクッ」と肩を震わせた。

「勝手に人の部屋を開けんじゃねえよ！」

謙治の息子が帰ってきたのか、すごい剣幕で近づいてくる。年の頃だと15歳くらいか。

昔の謙治の写真がかわいく思えるほど、気合いの入った髪型をしている。

「すまん、すまん……」

謙治が苦笑いをした。

「なんで勝手に……」

謙治の息子はそれでも怒りの矛先を収めるつもりはないらしく、謙治に向かって問いただそうとした。その瞬間、颯汰は、二人の間に割って入って、謙治の息子に笑顔を向けた。

「ごめんよ。本当にごめん。俺が無理を言って、君のお父さんにこの部屋を見せて欲しいって頼んだんだよ。君のお父さんは悪くないんだ。この通り……」

颯汰は、自分のせいで起こったトラブルを抑えようと必死だった。謙治の息子は、急に割って入った若者に気勢を削《そ》がれたのか、言葉を飲み込み、圧倒されるように、両手を合わせて必死で謝る颯汰を見た。

「まあ……いいっすけど……」

そう言うと、あっさりと廊下を引き返し別の部屋へと消えていった。颯汰はそれを見届けると、謙治の方をふり返って、頭を下げた。

「すいませんでした。変なことをお願いしたから」

謙治は、笑って何事もなかったかのような顔をした。

「見ての通り、難しい年頃だからな」

謙治と颯汰は、来た廊下を引き返して玄関を出た。

颯汰はふり返り、

「では、明後日の10時にまた来ます」

そう言うと礼儀正しく頭を下げた。

「ああ。待ってるぞ」

謙治はそう言うと、事務所の勝手口から、中へと消えていった。颯汰は、先ほどまで中にいたデザイン事務所の建物の外を回って、自分の自転車を止めている場所まで戻り、自転車にまたがり門を出た。住居になっている二階の窓からは、謙治の息子の舜也《しゅんや》が、遠ざかる颯汰の背中を見つめていた。

事務所に戻った謙治は、自分のデスクの前に座り、ゆっくりと背もたれにもたれかかった。机の上には仕事用のパソコンの隣に、先ほど颯汰に見せた、七人で写った昔の写真が置かれている。その写真を見ながら、謙治は颯汰という少年と自分たちとの不思議な縁について、希世子の言葉を思い出していた。

「肇、やっぱりあいつはお前が連れてきたのか……」

15歳の肇の写真を見ながら、48歳の謙治が独り言のように話しかけた。

「これでいいのか、肇……俺は、蛹《さなぎ》になれたのか」

蛹

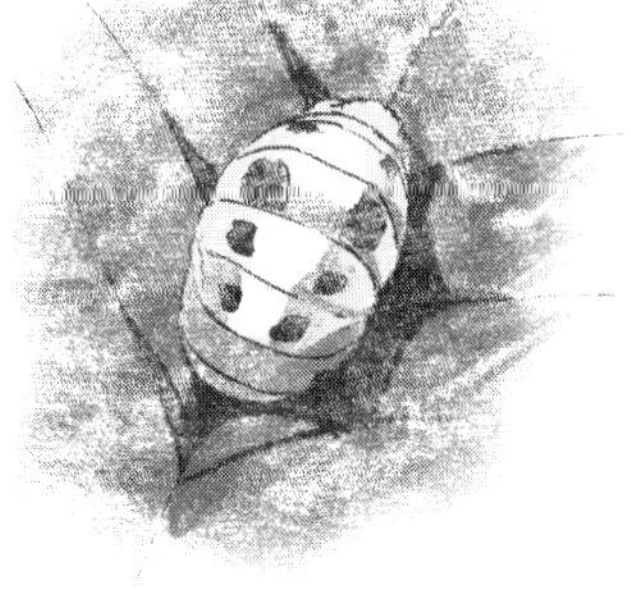

隠し扉の向こう側に、颯汰が消えて、そこはもとのバー「Ladybird」に戻った。

予定外の客がいなくなると、誰もが口を閉ざし、微妙な静けさが店の中に漂っていた。

それは急を要する事態だったとはいえ、今まで肇を含めて七人だけの秘密にしてきた内容を、倒れて運び込まれた素性も知れぬ高校生に話してしまったことに対する、ちょっとした戸惑いのようなものが、誰の心にも去来していたからかもしれない。

「話しちゃったけど、よかったんだよね。仕方ないもんね」

そんな声が誰からともなく上がるのを、誰もが待っているような変な雰囲気だった。

その静寂を破って声を上げたのは、やはり謙治だった。

「なんだよ、保科。お前さっきは、目が覚めたらさっさと帰して、肇の残した手紙についてて話し合いましょうなんて言ってたくせに、あのガキが目を覚ますやいなや、ノリノリでペラペラしゃべり始めて。あそこまで説明する必要あったのかよ。俺たちのことを……」

希はカウンターで、グラスを見つめたまま、謙治のその言葉を聞いていた。

「謙治、そう言うなよ。彼をここに連れてきた時点で、ここの店の説明はどのみちしなければいけなかったわけだし、ちゃんと説明しないと、それこそ、彼が知り合いにペラペラ話してしまうかもしれないだろ。それに、あの年齢であの映画を観《み》ていたってのも誤算だったよ。保科が話をしなくても、誰かが話をしなきゃいけなかったのは、間違いないいんだよ」

本庄和宏が、希をかばうように言った。

「まあ、そういう日だったってことかもね」

篠宮香代子が、それに賛同する。

「そういうって、どういう日だよ」

謙治は納得いかないという表情で、葉巻を吸った。

「ちょっといいかな……」

希が、小さな声を上げた。

五人は、希の方を見た。

「私、みんなに話さないといけないことがあるんだ」

希は思い詰めたような、それでいて諦めたような、不思議な表情を見せてそう言った。

「なんだよ、改まって」

和宏が、できる限り明るい雰囲気を作って言葉を返した。

「みんなには関係ない、私の個人的な秘密についてなんだけど……」

「秘密？」

もちろん、それに異論を唱える者はいなかった。

「私、本当はここのメンバーにいるべきではない人かもしれないんだよね」

誰もが希の言葉の意味がわからないといった表情を浮かべた。

「わかるように、説明しなよ。大丈夫、ちゃんと最後まで聞くから」

カウンターの中の御堂哲が、希に優しい声をかけた。

希は、哲を見ると笑顔を作って、ゆっくりとうなずいた。

「私たちが、初めて七人揃《そろ》った、あの読書感想文大会あるでしょ。あれ、うちの中学から は本当は、私じゃなくて違う人が選ばれてたの。その人が辞退したから、私が出ることに なったのよ」

「それは……」

和宏が笑顔を見せた。

「……気にする必要ないんじゃない。辞退したのも運だし、それによって選ばれたのが保 科だったんだから」

哲も、香代子も、漸登もうなずいている。希は首を振った。

「そうじゃないの」

「最後まで聞くって言ったんだから、まず最後まで聞こうぜ」

謙治の言葉に、一同は口をつぐんだ。希は順を追って話さなければ、上手《うま》く伝わらない だろうと感じ、ひとつ大きく息をついた。

「それは、幼なじみのある男の子だったんだけど、彼がゴールデンウィークの国語の課題 だった読書感想文を書くのが面倒だって言ったの。そこで、私は、あまり深く考えずに、彼の分の感想文も書いてあげてもいいよって提案したの。課題図書は読んで面白かったし、男の子になりきって、読書感想文を書いたら面白いかなって思って……本当に、単なるノリでというか、その場の流れでそんな話になったの。でも、それだけじゃなく、交換条件として、私の数学の宿題を彼がやってくれることになった。私は数学があまり好きじゃなかったし……単純にお互いの宿題を交換したというだけで、そんなに悪いことをしてるっていう意識はなかったわ。

そうして、私は二人分の読書感想文を書いて、彼は二人分の数学の宿題をやってゴールデンウィーク明けに提出したの。出したときはバレたらどうしようって思ってドキドキしてたけど、どっちもバレなくってね。なんかスリリングですっごい楽しかったのを覚えてる……。で、それっきり私たちは、お互いにそのことを忘れてた。

そしたら、七月に入ったある日、国語の授業中に、先生から急に発表があった。彼の読書感想文が素晴らしかったので、市の感想文大会に彼をエントリーしようと思うって。

私は、本当に血の気が引いたわ。急にお腹《なか》が痛くなって、まともに座っていられないくらい。彼は私の方をチラッと見てから、手を挙げてこう言ったの。

『すいません、先生。それ、姉ちゃんに書いてもらったんで俺が書いたんじゃないです』

ってね。教室は笑いに包まれて、収拾つかなくなるし、国語の先生は顔を真っ赤にして、怒り始めて。それでも彼は、

『俺が、真面目に書くはずないじゃないですか』

って、火に油を注ぐようなことを言うの。ええ、わかるわ。私に疑いが及ばないようにしてるのよ。

私は、そのときまで本当にそんなに悪いことしたなんて思ってなかったのに、何だかとんでもなく悪いことをしてしまったんじゃないかと思って、恐《こわ》くなったの。結局彼はそのあと職員室に呼ばれて懇々とお説教をされた。

その日の帰り、私は彼に謝ろうと思って、彼のところに行ったの。

そしたら、彼は満面の笑みで、

『面白かったな！　見た？　先生の顔、真っ赤になってたぜ』

って笑うのよ。私のせいにするどころか、楽しい思いをさせてくれてありがとうみたいなことを言うの。私、申し訳ないやら、恐いやらでごめんねしか言えなかったんだ。

そしたら、謝ることないって。全然、気にするなって言ってくれたの。

でも、次の日もっと恐れていることが起こったの。そう……代理で私が選ばれたの」

本庄と香代子はそのときの希の心情を想像してか、眉をしかめた。

「私、どうしていいかわからなくて、恐くて固まっちゃったの。みんなが拍手をしてくれたり、国語の先生が、今度こそはちゃんとした代表だって、その男の子のことを睨《にら》みつけながらみんなの前で言ったりしたから、震えるだけで何もできなかった。ちょっとしてから、私も手を挙げて、私も姉に書いてもらいましたって言えばよかったって思ったけど、とてもじゃないけどそんな勇気が持てなかった。結局その場は何も言えず、もう学校に来たくないって思って、泣きたい気分になって、急いで帰ろうとしてたときに、その男の子が私のところに来て、言ってくれたの。

『おめでとう。よかったな』

って。私はちっともよくないって思ったんだけど、彼曰《いわ》く、結局自分で書いたものが選ばれたんだから、お前は何も気にすることないって。逆に辞退されると俺が困るの一点張りで……。最後には『俺のためだと思って出てくれ』ってお願いされた。

そこで、仕方なく出たのが、あの日の大会だったの」

「そんなことがあったんだ」

哲がつぶやくように言った。希は小さくうなずいた。

「今考えればバカなことしたなってわかるんだけど、あのときは、本当に何とも思ってなかった。ただ宿題を交換しただけくらいにしか思っていなかったのね。ところがそれによって、ドンドンいろんなことが起こり始めてしまったの。

そのあとのことは、みんなも知っての通り。二階堂君が秘密結社を作ろうって言い出したとき、私は本当に『どうしよう』って思ったんだ。だって誰にも言っちゃいけないってことは、その彼にも教えられないってことでしょ。なんかうしろめたくって。でも、あの場で、断ることもできないで、また同じね。それによって、何が起こるかなんてあまりよく考えないで『わかった』って言っちゃった。彼への罪悪感はありながらも、本気で秘密結社なんて考えてなかったから。そして、そこで、ちょっとした不正から始まった一連の事件は終わるはずだったの」

「ところが、予想外にこの秘密結社が終わらなかったってわけか」

和宏が納得しながら言った。

「それから毎年、謙治君の家で『ホオズキの会』があって、そこに参加してても、単純な同窓会みたいな気持ちでいたから、あの事件についてはもう忘れていたのね。もう済んだことだと思ってた。ところが、大学三年の頃、ここにいるメンバーがみんな肇君や謙治君のおかげで、本気で自分の目標に向かって挑戦し始めたとき、あの事件はやっぱりあそこで終わっていなかったことを私は知ったの」

「どういうこと?」

「その彼は、すこぶる成績が優秀だったのに、あの一件以来、国語の成績がぐんと下がったんだって。それだけじゃないわ。数学も下がったって、彼と仲のよかった友達から偶然聞いたの。一方で私は、彼が宿題をやってくれたあとから数学の成績が上がったの。彼は私の課題を丁寧に仕上げて、自分の課題は、面倒だったのか、私の課題から答えだけ写して提出したみたいなの。

そうなると、私の答案と彼の答案は合ってるところと間違ってるところが全く同じになるでしょ。しかも、どんな複雑な問題も彼の答案用紙には途中式もなく答えだけが書かれていて、それが合ってたりもする。結果、国語だけじゃなく、数学の先生からも呼び出しを受けて、私の課題を写したんじゃないかって疑われたらしいのね。そして、彼がそれになんて答えたか……想像できるでしょ」

五人はうなずいた。

「私はその事実を、大学三年生になるまで知らなかった。彼は、うちの学校から初めて開城高校に合格するんじゃないかと期待されていたけど、内申点がどうしても足りなくなって、結局、暁高校に進学したの。それを知ったときには、私にはもうどうすることもできない。謝りたくっても、もう連絡先もわからない……それ以来、私はもうそのことを忘れることができなくなった。いつも、どんなときでも、心の中にひとつのしこりとしてそのことが居座り続けていたの。

私が、女優になって、みんなに支えられて勇気をもらって、頑張って一段階段を上るたびに、もう会えなくなった彼に対する罪悪感が募って……頑張って、有名になって、努力が報われれば報われるほど、実は、心の中ではどうすることもできない苦しさも徐々に大きくなっていったんだ。人に言ったら、とっても小さいことだって笑われるかもしれないけど、私の中では大きなことになっていってしまって……」

香代子が立ち上がって、希のもとに歩み寄り、そっと肩に手を置いた。希は「ありがとう」と言う代わりにその手に自分の手を重ねて、微笑《ほほえ》みを返した。

「でも、やっぱり年とともに、そんなことで悩まなくなった。10年ほど前からは、若い頃の微笑ましい思い出としてたまに思い出す」

「それにしても、男子と女子では、筆跡があまりにも違うからすぐバレるでしょ。国語の先生も、生徒が自己申告するまで気づかないなんて、よほどちゃんと見てなかったんでしょ」

和宏の推理に、希は首を横に振った。

「きっと、私たちの字は区別がつかないわ。私たちは、小学校の頃からある流派の同じ書道教室に通っていたの。自分でも驚くほど、私たちの筆跡は似ていたのよ。それが前提としてあったから、読書感想文と数学の宿題を交換しようなんてバカなことを考えついちゃったのね」

「へえ……」

和宏が感心しながらうなずいた。

「ふう……」

希が息をついた。

「なるほど……何だか話が見えてきたよ」

漸登がつぶやくように言った。

「そう、実はその、幼なじみの名前が……桜山信一君。きっと、さっきここにいた高校生のお父さんよ」

「ええ！」

一同は驚きの目を、希に向けた。さすがの謙治も驚いて目を見開いていた。

「私も、驚いたわ。私の実家は、もうこの街にはないけど、東新町だったの。おそらくそこに、桜山という家は一軒しかない。それに……颯汰君は、信ちゃんにそっくりだった。それで……私」

希の話はそこで一旦止まった。どうして希が颯汰に対して、あそこまで親切にLadybirdについて説明しようとしていたのか、五人はわかった気がした。謙治にもそのことを咎《とが》めようという気はなくなっていた。

「そういうことなら……まあ、ああなるわな」

謙治は、仕方ないとでも言いたげに、そうつぶやいた。

そのあと誰もが、無言だったのは、出会いの不思議を噛《か》みしめていたのだろう。

「あの日から30年以上経《た》って、Ladybirdの発起人である、肇君が亡くなって初めての『ホオズキの会』のまさにその日に、何かの偶然でやってきた一人の少年は、33年前、私が、この会に参加するきっかけを作った信ちゃんの息子だったなんて……きっと、彼は肇君が連れてきた……そうとしか思えなかったの」

そう感じているのは、希だけではなかった。

「さて、希世子ちゃんがどうしてあの少年にあそこまで、親切にいろいろと教えようとしたのかもわかったことだし、そろそろ本題に入ろうか」

それぞれが、出会いの不思議について思案している静寂の中に、哲の柔らかい声が響いた。五人は、自分たちがここに集まった理由を思い出し、まるで、一旦停止をしていた映画の映像が再生されたかのように、我に返って、動き始めた。

哲が、カウンターのうしろの棚から一通の封筒を取り出した。それは、肇が亡くなる数日前に御堂のもとに届けられたもので、手紙を折りたたまずに入れられる大きめの茶封筒に入っている。

「次の『ホオズキの会』で開封して欲しい」

という指示がついていた。

そこに書かれている内容については、秘密結社「Ladybird」を続けろという指示なのか、それとも、解散しろという指示なのか、それぞれが様々な憶測をしたが、確信が持てるものは何もない。ただ、肇は自分の最期が近いということを悟って、彼らにメッセージを残したということだけは、ハッキリしている。

二階堂肇は他の六人にとって、扇の要のような役割を果たしていた。彼の存在が他の六人をつなぎ止めていたと言ってもいい。その扇の要を失った六人たちは、その要が残した言葉が明らかになるのを固唾《かたず》をのんで見守っていた。

哲がゆっくりと封を切る。中には手紙が入っている。枚数はさわった感じではハッキリとはわからないがかなり長い手紙を書いたことはわかる。

「僕が読んでいいかな……」

哲が、緊張の面持ちでメンバーに告げた。みなが無言でうなずいた。

★

「第33回『ホオズキの会』に集まりし同志たちへ。今年も秘密結社『Ladybird』の会合に集まってくれてありがとう。

こういう形でメッセージを伝えなければならないことが残念だけど、今年、会えたら話をしようと思っていたことを書こうと思う。これを読んで、みんながどう判断するかは任せる。

ただ、一度はみんなで、今後の『Ladybird』について話し合って欲しい。

今、『Ladybird』は、その第一段階を終えようとしている」

一同は、顔を見合わせた。

「第一段階が終わる?」

和宏が声に出した。哲は、和宏の方を一瞥《いちべつ》するとすぐに、手紙に目を落として続きを読み始めた。

「結成されて最初の三年は実質何も活動していなかったから、それぞれが自分の人生で、挑戦を始めてから今年でちょうど30年になる。ここまでを第一段階にしようと思っていたのは、何も俺がそこに参加できなくなったという区切りによってではなく、もう何年も前からそう決めていたことなんだ。どちらにしても、今日、『第33回のホオズキの会』で、『Ladybird』の第一段階は終了するつもりだった。

そして、これからまた三年ほどの準備期間を経てその後の30年が第二段階ということになる。

これから三年間の変化は劇的で、激しいものになる。生き方や価値観を180度変えなければならなくなるかもしれない。人によっては受け入れられないかもしれない。それでも、もう第一段階は終わりにしなければならない。それだけは確かなんだ。

『Ladybird』のメンバーはそれぞれが、本当に努力をして、それぞれの夢を実現してきたと思う。それぞれが、自分の力を鍛えることで、みんなのために集まったときに役に立てるようにと頑張ってきた歴史がある。結果として、それぞれが、誰もが羨《うらや》むような成果を手にした。それはお互いの直接的な手助けはなかったとしても、お互いの存在なくしてはなし得なかったことだと思う。

そして今まで、それによって起こる素晴らしい経験の数々も享受してきたと思う。普通の人の人生では、味わえない経験もたくさん手にしてきただろう。

そして同時に、成功すればするほど大きくなる迷い、それと同じだけ大きな悩みや、苦しみ、責任の重さを感じて、どんどん息苦しく、不自由になっていく自分がいることにも気づいているだろう。

そんな自分を解放して自由に飛び回るために『Ladybird』は成虫にならなければならない。次の段階、そう第二段階に行こうじゃないか」

「成虫にって……俺たちは今までずっと、幼虫だったたってこと……？」

和宏が笑いながら小さな声で言った。みんな顔を見合わせた。

「子供の頃は、誰だって自分のことで精一杯だ。あれが欲しい。これが欲しい。ああなりたい。こうなりたい。自分の欲望のままに夢を描いて、それを手にしたいと真剣に願う。

誰のためにって自分のためだ。自分の欲求を満たすために頑張って努力する。自分が幸せになりたいから頑張るんだ。俺たちも、そうやって頑張ってきたから今がある。

でも、大人は違う。自分ではない誰かのために、自分以上に大切な誰かや何かのために、自分の人生を使うんだ。そこにこそ真の幸せがある。

俺たちは、これまで、いろんなものを手に入れて、多くの『夢』という名の個人的欲望を手にしてきた。そのために限りある人生という時間を使ってきたと言ってもいい。だけど、これからはもっと大きな何かのために俺たちの人生を使うべきだと思う。これからも、自分の個人的な夢を実現することに精一杯になるのではなく、もっと大きな何かのために精一杯俺たちの人生という時間を使うべきときが来ている。俺はそう思っている。俺たちはもう十分大人だ。『Ladybird』も成虫になるときがやってきている。

もちろん、個人が描く大きな夢を達成することはとても大事だ。その力がなければ、もっと大きな何かのために俺たちの力を使うなんてできなくなるから。だから、若いうちは、ガムシャラでいい。自分の夢の実現のために本気で向き合って生きられる人である必要がある。

そんな、大きな力を持った俺たちが集まって、自分たちの力を、自分たちのためじゃなく、自分よりも大切なもののために使い始めたら、大袈裟《おおげさ》じゃなく、この国は変わるんじゃないか。俺はそう思って今までやってきた。

これまで俺たちがそれぞれ実現してきた夢は、俺たち一代で終わる夢だ。

でも、第二段階のこれからは、一代では終わらない夢を持とう。そして、その生き方そのものを次の世代に伝えるんだ。

人生を折り返すまでは、ひたすらに自分の力を磨く。そして、折り返してからは次の世代の人たちのために磨いてきたその力を使う、そんな生き方を伝える。方法は、俺たちがそういう生き方をして見せるしかないだろう。

そういう生き方をしている大人たちの集団。それこそが成虫としての『Ladybird』の使命だと思う」

一同は、真剣な表情で聞いていた。

「あいつの手紙を読んでると、本当に僕たちは幼虫でしかなかった気がしてくるよ」

手紙を読み続けていた、哲がボソッと言った。

それは、そこにいる誰もが感じていることでもあった。

ただ、その思考の転換は、言葉で言うほど簡単なものではなさそうだということも誰もが感じていることであった。

「テントウムシが、幼虫から成虫になる間には、蛹《さなぎ》の期間がある。それまでの経験を活《い》かして、全く別のものに生まれ変わるこの時期は、俺たちにとって本当に苦しい時期になるかもしれない。今までの価値観を捨て去る必要だってあるかもしれない。だけど、それを乗り越えて成虫になったら……一気に世界は広がる。俺たちにできることは今の想像をはるかに超えるものになる。今までは地面を這《は》いつくばってゆっくり移動していたのが、空だって自由に飛べるようになるかもしれないんだ。

そんなわけで、『秘密結社』というお遊びは今日で終わりだ。繰り返すけど、それは俺がそこに参加できなくなったからそう言っているわけではない。最初からこの30年で第一段階を終わりにしようと決めていたんだ」

手紙を朗読している哲の表情もこわばっていた。誰もが衝撃を受けて、口を開くことができない。

「これから『Ladybird』は蛹になり、成虫になる。そしてそれからの30年間は、自分たちが学んで手にしてきたすべてを、次の世代のために使って生きよう。そのためにならば『秘密』を捨てよう。必要なら、俺たちがしてきたことを惜しみなく伝えよう。そういう集まりに変わっていこう。それが、俺がずっと考えていたLadybirdの形だ」

哲は一息つくと、紙をめくった。

「最初の30年は、自分の夢を叶《かな》える力を養う『Ladybird』幼虫期。次の30年は、その力を自分よりも大切な誰かのために使って生きる『Ladybird』成虫期……か。言われてみればその通りだな。何か俺、自分がここまで来られたってことでみんなに感謝して、満足してた気がする。それを、肇に見透かされてたかな……」

和宏が苦笑いをしながら言った。

「本庄君だけじゃないわ。私もそうだと思う……」

香代子も神妙な面持ちで言った。

「続きを読むよ……まだまだ続きがある」

哲が割って入る。二人はうなずいた。

「俺たちが生まれ育った時代を思い出して欲しい。１９６０年代後半から１９７０年代、この国はめざましい発展を遂げた。俺たちの親はほとんどが子供の頃に戦争を経験していて、親だけじゃない、小学校、中学校と先生たちの多くが戦争を経験している世代に俺たちは育てられたんだ。実体験としてあの戦争を経験した人たちに囲まれて俺たちは育った。当然、子供たちにはあんな辛《つら》い思いをさせたくないと誰もが思っていた。自分の意志とは無関係に戦場にかり出されたり、明日食べるものに困ったりするようなそんな日本にしてはいけないって必死だった。次の世代には、自分たちが経験した不自由を経験させたくないと思った。

だから、必然的に『個人の自由』が大切にされた。人生、好きなことをやって生きていいんだ、やりたいことをやって夢を実現して素晴らしい人生を送れって、みんな後押ししてくれた。それが、大人たちの俺たちに対する願いだったんだ。

そして、俺たちはそのままに生きてきた。自分の欲望、夢を実現する生き方は素晴らしい生き方だと信じて、疑わずにそれに向けてひた走って生きた。そして、多くの同世代の奴《やつ》が今もそう生きている。

だけど、そうやって生きてきた俺たちが次の世代に残すものは何だろうか……。

そうやって考えたときに気づいた。

俺たちの親だけじゃない。その前の世代も、その前も、ずっと……大人たちは、次の世代を幸せにするために必死だった。それこそ命がけで自分の子供たちを、そしてこの国の子供たちを幸せにするために、人生を使っていた。それが『大人の役割』だった。

だから俺は、人生の半分を使って、自分の夢を叶えるだけの力を育てたら、残り半分の人生はそれを、自分のためではなく自分よりも大切な若者たちのために使おうって決めていた。ただ……自分が半分だと思っていた30年が、俺にとって人生のすべてだった。

自分の人生が、そしてみんなの人生が80年あると思い込んでいたところに、俺の甘さがある。

これからそうやって生きようと思った矢先に、人生がなくなるなんて、本当にドジなことこの上ない。だから、みんなに叶えてもらうしかない。

もちろん、この手紙を読んで『Ladybird』を解散してもいい。どうするのかは、それぞれに任せる。

ただ、みんなの中に、いつか、みんなで持ち上げるひとつの大きな荷物が出てきたときのために、それぞれが力を磨いてきたという想《おも》いが今もあって、俺の提案するものがそのひとつだと感じてもらえるのなら、みんなで『Ladybird』を成虫にしてやって欲しい。

それが俺の願いだ。言葉で書くとこうなる……」

哲が紙をめくった。哲はその紙を見て読むのをやめた。その代わりに、その紙をみんなに見えるように目の前に差し出した。

薄暗いバーの中で、遠い位置にいた謙治や和宏、漸登は、その文字が見える位置まで近寄った。

「一代で終わる夢を、一代では終わらない志に変えて次の世代に……」

そう書いてある。哲はその紙を、カウンターの上に置いて、みんなに見えるようにした状態のまま、続きを読んだ。

「『秘密結社』なんていう、最高にくだらない、そして最高に幼稚な遊びに、33年もの間、本気で付き合ってくれてありがとう。おかげで最高に楽しかった。

それから、今年もホオズキをしっかり育ててくれたであろう、園芸おじさん、謙治に礼を言いたい。

ありがとう。

そして、その会に参加できないことを、心から謝りたい。

すまない。

でも俺は、これからもずっとみんなと共にある。

俺たちは七星天道だ。

そして、俺はもともとそのひとつの星。
これからも、いつもみんなを見てるよ。ほらよく言うだろ、
お天道さまはいつも見てるって」

肇からの手紙を読み終わった店の中は、静寂に包まれ、香代子と希の鼻をすする音が時折響いた。謙治は涙を堪《こら》え、他の者たちは、手紙の意味を考えている。

「この手紙を受けて、僕たちはどうするか……だよね」

哲が手に持っていた手紙をカウンターの上に広げながら言った。

「俺たち『Ladybird』は、確かに肇の言うようにまだ幼虫なのかもしれないな」

和宏の言葉に、香代子と漸登、そして希もうなずいた。

「どう思う？　謙治」

和宏は、反応を示さない謙治に話を振った。

「フン。かもしれないじゃねえよ。あいつが言うなら幼虫だ。そして、それを成虫にしてくれっていうのがあいつの望みなら、俺はやるよ。お前らが乗ろうが乗るまいが、俺は一人でもやる。これまで30年、あいつのおかげで今の俺があると本当に思ってきた。だから……」

謙治の目から涙がこぼれた。

「これから30年は、俺が手に入れた力や経験を、自分より大切な誰かのために使い切ってやるよ。それがあいつの望みなら。俺は残りの人生をすべてそれにかけてでも、やり遂げてやる」

漸登がみんなの様子を見ながら、言葉を繋《つな》いだ。

「どうやら、みんな謙治と同じ気持ちのようだね」

四人は無言でうなずいた。

謙治は鼻をすすって、涙をぬぐった。

「全く。あいつはどこまで考えてたんだろうな。しまいには七星天道っていう名前になぞらえて『お天道様は見てる』だってよ。久しぶりに聞いたぜ。ガキの頃、俺のばあちゃんに言われて以来だ。これでまた、俺のことを見ているお天道様が増えちまったよ。ますます、誰が見ていなくっても手が抜けねえじゃねえかよ」

「そうね……」

希が言葉を繋いだ。

「人生の折り返し地点までは、自分の夢のために生きることで力をつけて、折り返したら、その力を次の世代のために使う……そんな生き方をしなきゃね。そして、そう覚悟を決めると、何だろう、今までにない気力が湧いてきた気がする」

「それにしても、肇は本当に、最初から30年で第一段階を終了させせて、次の30年の第二段階に移行するなんて考えていたんだろうか。『Ladybird』のそんな長期計画を描いていたとしたら、本当にすごい奴だな……」

和宏が言った。

「最初から、あいつのシナリオ通りだ」

謙治は静かに言った。

「俺は大学三年の頃、あいつに聞いたことがある。それぞれが力をつけることが大事だというのはわかる。だから、今は一人ひとりがそれに専念する時期だってこともわかってるつもりだ。その上で、将来、俺たちに力がついたらみんなで何しようと思ってるんだって」

「答えは何だったの？」

香代子が尋ねた。

「それまでと全く逆のことをやるんだ。飛ぶぜ！　……それがあいつの答えだった。俺には何のことか全くわからなかった。手紙を読んだ今、ようやくわかった。あいつは30年前から、七星天道が蛹になる時期と、成虫になって、今までと全く違う価値観で空を飛べるようになるほどの活躍をするその後の30年間を頭に描いていたんだ。でも、幼虫の段階で自分が死んじまうってのはさすがに計算していなかったようだな。初めから自分のことを頭数に入れていないっていうのが、あいつらしいと言えばあいつらしいがな」

「じゃあ、30年経ったら、秘密結社が秘密じゃなくなるってのも、あらかじめ決められていたってことか？」

今度は和宏が尋ねた。

「おそらくな。俺たちがそれぞれ自分の力を鍛える上で一番大切なことは、何だったかを思い出せばわかる。それはあいつの言葉を借りれば『自分と交わした約束を守れる人になること』ってことになるだろう」

「自分との約束を守れる……」

哲が繰り返した。

「ああそうだ。肇曰く、大人は誰かと交わした約束を守ることで生きている。約束を守らないで生きようとしても、今の社会では無理だ。会社と交わした約束、顧客と交わした約束、社会と交わした約束……とにかく約束を破った瞬間に生きていく上で大切な絆《きずな》を失う。だから、普通に生きるためには誰かと交わした約束をしっかり守らなきゃならない。普通に生きるってのは大変なことなんだって言うんだ。だけど、誰かと交わした約束をきっちり守って生きている大人たちも、ある約束は平気で破るって言ってた」

謙治の言葉に、和宏が答えた。

「それが、自分との約束……？」

謙治は無言でうなずいた。

「自分と交わした約束を守れる奴はほとんどいない。でも、約束を平気で破る奴は信用できない。だから、自分との約束を破る奴は、誰より自分のことが信用できなくなる。つまり『自信』がなくなっていく。だけど他人と交わした約束を守るときと同じくらいしっかりと、自分と交わした約束を守って生きれば、そいつは一角の人間になれる。きっとそれだけで、思いのままの人生を手にすることができるだろうって肇は言ってた。

つまり、秘密結社は、一番難しい『自分と交わした約束』を守る人になるための手段でしかないってことだ。秘密結社を作ることによって、自分と交わした約束が、いつの間にか『Ladybird』のメンバーたちと交わした約束に自分たちの中で変わっている。だから、それを守ろうと俺たちは行動し続けることができた。そうだろ？

俺たちが、自分と交わした約束を守れる人になってしまえば、もう秘密結社である必要はない。そして、そんな日がいつか必ずやってくる。いや、やってこなければいけないっていうのが、昔からあいつの考えだった」

「ふうん……」

和宏が感心したようにうなずいた。

「どこまでも、すごい奴だったな……肇は」

和宏の言葉に、誰もがうなずいた。

「あいつは俺にとって神だった。これからはお天道様になっちまったがな」

謙治の言葉は、誰の胸にも突き刺さった。

「それにしても、さっきの保科の話を聞いて、肇からのこの手紙を読むと、さっきの高校生は、何だか肇がここに遣わしたようにしか思えないな……」

漸登がつぶやくように言った。

「……」

謙治は、それについて何の反応もせず、ただじっとカウンターの上に置かれた肇からの手紙を見つめた。

しばらく誰もが口を閉ざした。

「あの彼に、僕たちの絆を伝えることが、果たして肇の意図したことかどうかはわからないけど、ああいう事情で、この店のことや、僕たちのことについて話したのは事実だろ。でも、あの状態だと中途半端だと思うんだよ。つまり……彼は、昔僕たちがしていた勘違いをしたままの状態だと……」

哲が言った。

「彼のお父さんが、希世子ちゃんの幼なじみだってことは知らなかったけど、実は昔うちの本屋で本を注文してくれたことがあると思うんだ。東新町に桜山さんが一軒しかなければ、間違いないと思う。

僕は今日、このタイミングで彼がここに運ばれてきた縁と、彼と希世子ちゃんとの繋がりにストーリーを感じる。それだけじゃない。肇の手紙の内容から考えても、彼にこの場所のことを話さなければならなくなったのは、単なる偶然とは思えない。だから、僕が個人的に彼に連絡を取って、誤解を解いておくよ。Ladybirdとして、肇の遺志を、何をして、どう果たしていくかは、それからみんなで考えていこうよ」

哲は話しながら、一人ひとりの顔を見た。場には静けさが訪れた。

しばらくして謙治が言った。

「その手紙……俺がもらってもいいか？　コピーはあとから全員に送るから。ちょっとゆっくり考えさせてくれ。その上で、俺たちにとって蛹ってどういう状態か、成虫になるのは、その蛹の状態から、何がどう変わればいいのか、時間を使ってゆっくり考えたい。みんなも考えておいてくれ。その上で、やっぱり続けないという奴は、最初に決めたルール通り、いつでもメンバーから抜けることができるってことでいいよな？」

謙治は、静かに言った。誰も異論を唱える者はいない。

謙治は、カウンターに近づくと、静かに手紙を手に取り、ゆっくり、丁寧に封筒に入れ戻し入れた。哲は、無言の謙治に、そこを出る雰囲気を感じて、うしろに手を伸ばし、隠し扉を開いた。

「また、連絡するよ」

そう言うと、謙治のさみしそうな背中は、扉の向こうに消えていった。

風と鈴

颯汰はひたすら、手足を動かし続けた。

「まだまだ、足りない」

夏休みの市営プールは、親子連れと小中学生で溢《あふ》れていて、颯汰の知っている顔はいなかった。一方、50メートルプールは、深くて足が届かないからか、使っている子供は少ない。1・2レーンが往復をしてひたすら泳ぐ人用に一方通行になっている。7から9レーンは水泳教室で使っていた。

颯汰は50メートルプールを全力で二往復すると、一度プールから上がって息を整え、また同じことを繰り返した。200メートルを泳ぎ終えるたびに、水から上がる力さえなくなっているのだが、まだまだ限界ではないような気がする。

とにかく、今日は、今までにないくらい自分を追い込み尽くすんだ。そう思った。

もちろん、中学三年から約三年間のブランクがあるだけに、クロールに必要な筋力はほとんどなくなり、タイムもベストに比べると、話にならないくらい遅いのは自分でもわかる。それでも、ひとつ水をかくごとに、今までの自分をうしろに置き去りにできるのではないかと思い、全身が悲鳴を上げきって、動けなくなるまで、泳ぐつもりだった。

そうしたいと思った。

限界は思った以上に早くやってきた。四回繰り返して、水から上がったときには、疲れ切ってしまった。プールサイドを這《は》うように移動すると、邪魔にならないところで大の字になって天を仰いだ。

真上から照りつける太陽が、まぶしくて目を開けられない。一秒ごとにジリジリと肌が焼けていくのがわかる。背中に伝わってくる焼けたアスファルトの熱が心地よい。心臓がドクドク速く鼓動しているのを感じながら、颯太は激しく肩で息をして呼吸を整えた。呼吸が整ってくると、弱い風も肌で感じられる。何とも言えない心地よさが颯太の身体《からだ》を包んだ。

自分が全力を出したあとにやってくるこの爽快感。本当はそれが好きだから水泳をやっていたのかもしれない。初めてそんな風に思えた。

「よう」

颯太は突如かけられた声に、目を開けようとしたが、横になったままだと真上から照りつける太陽がまぶしくて目を開けることもできない。下半身の反動を使って、上体を起こした。

「こんなところで会うなんて珍しいな」

目の前に立っていたのは、山村風太だった。

「よう」

颯太は舌打ちをしたい気分だったが、一応返事をした。

「よく来んの？」

颯汰の方から質問をした。風太の身体は鍛え上げた競泳選手の体つきをしている。つい最近まで現役で鍛え続けてきたことがすぐにわかる。

「ん？　まあな。ずっと勉強してると息苦しくなるから、息抜きに何本かだけ泳ぎに来るんだよ。それより、桜山。もう、塾には来ないのか？」

颯汰は、苦笑いをした。山村風太と二人だけで話をしたのは、初めてのことだったが、その話し方から目の前の男が、いい奴《やつ》だっていうのは伝わってくる。身体能力も抜群で、勉強もよくできる。おまけに性格がいい。周りにいる誰からも好かれる存在だろう。颯汰が持っている風太に対する感情は、嫉妬が前提にある逆恨みでしかないが、その嫉妬すら溶かしていくほどの爽やかさが風太にはあった。

「ああ、たぶんな」

「そうか……残念だな。仲良くなれると思ったのに。まあ、とにかく頑張れよ……」

風太は、颯汰の雰囲気を察してか、特に理由を聞くわけでもなく、その場を立ち去ろうとした。

「なあ……」

颯汰は、風太の背中に声をかけた。

「ん？」

風太がふり返った。

「100メートル、一本だけ勝負してくれねえか。本気で」

颯汰は、自分でも意外なことを言ったと思う。出てきた言葉に驚いたのは、風太よりも颯汰の方だった。

風太は笑顔を作った。

「いいよ。その代わり、俺、最後まで本気で泳ぐよ」

「ああ、そうしてくれ。俺も最後まで本気で泳ぐから」

颯汰は立ち上がった。疲労は残っているが息は整っている。


二人は3レーンと4レーンのスタート台の横に立った。

プールの中では何人かの人が思い思いの方向に向かって泳いだり、浮かんだりしているが、よけながら泳げないほどの人数ではない。左端の水泳教室では、小学生が飛び込みの練習をしていた。

「飛び込み禁止だけど、隣でやってる飛び込みの練習の笛に合わせてスタートしよう」

風太の提案に颯汰はうなずいた。

「飛び込む前に監視員に気づかれたら厄介だから、ギリギリまで待つぞ」

二人は何食わぬ顔で、コースを見つめている。少し風が吹いているのがわかる。

「ピィ」

という合図で三人の小学生が飛び込んだ。「バシャン」という音とともに水しぶきが上がる。次の三人がスタート台に登って、笛を待っている。

「次だ！」

二人は視線を交わして、小さくうなずき合った。

「よし」

チラリと監視台に目をやった。監視員には目をつけられていないようだ。

「位置について」

水泳教室のコーチの声が響いた。

「今だ」

二人は、すぐにスタート台の上に登った。もう「用意」のコールも終わっている。

「ピィ」

颯汰は思いっきりスタート台をけった。反応は悪くない。

着水。泡に包まれる。

「俺が浮上したときにはいつも、こいつは俺の前にいた！」

そう思いながら浮上をする。視界がクリアになったとき、風太はすでに身体半分颯汰の前にいた。

「やっぱ速え！」

颯太は、思わず心の中で声を漏らした。置いて行かれないように必死で手を回した。ちょっとでも前の水をつかもうと身体を大きく動かす。激しく動いて身体の軸がブレるとロスが大きいから、そこにもできる限り注意を払う。必死に！　同時に冷静に。それでも離されるのがわかる。

「諦めるな。ここからだ！」

颯太は、自分に言い聞かせて、決断をした。

「ここで使い切る！」

颯太は、１００メートルを泳ぎ切る体力を温存しないで、すべての力を最初から使うことにかけた。もともとスタミナ勝負では勝ち目がない。力を温存してもしょうがない。一度でいいから前に出るんだ。あとは、それがどこまでもつかだ。

颯太はギアを上げた。すぐに息が上がる。手足に乳酸がたまっていくのがわかる。あっという間に限界が近い。

「まだまだだ……まだ、行ける！」

すべての力を出し切っても、風太は身体ひとつ前を泳ぎ続けている。その差が縮まる様子はない。

「こいつ！　やっぱり強え……でも、負けねえ！」

25メートルを通過した。身体ひとつ前を泳いでいたはずの風太の気配が消えた。颯太は、少し前方を確認する。前にいる人を避けるために左によけたらしい。颯汰の前にも泳いでいる人がいるが、少しだけ右に進路をとれば回避できそうだ。上手《うま》くよけたが、それから風太の姿を完全に見失った。颯汰は風太が泳いでいるのとは反対のレーンに顔を上げて息継ぎをする。あとは自分との勝負になった。

折り返しまで、あと10メートル。手の動きが鈍っているのがわかる。息も苦しい。でも、まだ行ける。限界じゃない。

あと5メートル。左側を反対方向にものすごいスピードで泳いでいく奴とすれ違った。

「あいつか！」

だとしたら10メートルの差をつけられたことになる。

「クッ」

颯汰は歯を食いしばって、ターンの姿勢をとった。

50メートルのターン。力を込めて壁をける。

「あいつはいつもこうやって俺の前を泳いでいた」

「俺は、あいつに先に行かれると、もう本気で追うのをいつもやめていた。後半に体力を温存して、ラストスパートをかける。そういう泳ぎをしていた。それでは勝てないのはわかっているが、前半使い果たして、最後へトヘトになって他の奴らに抜かれるのもかっこわるい。だから、流して泳いで二位が取れるというストーリーで、自分のプライドを守ろうとした」

颯汰の手足は、もう思うように動かなくなってきている。自分でもわかるくらい動きがスローだ。全身に酸素が足りない。

手を持ち上げるのも、苦しい。

「今はどうだ……ヘトヘトで、手も上がらない。苦しくて泳ぎはみっともないくらいばたついている。それに……あいつはとっくにゴールしているだろう。でも、今日だけは……俺は最後まで、絶対に、絶対に、ほんの一瞬たりとも、妥協しない！」

苦しくて、すぐに息を吸い込みたくなる。

「俺は、俺は……絶対に……自分に……負けない！」

最後の15メートルは、もうよく覚えていない。泳いでいるのか、もがいているのか、ただただ苦しい。気を失う寸前だったが、最後の一瞬ですべてを使い切るつもりで泳いだ。

タッチをした瞬間に沈みかかる颯汰の手を、引き上げたのは風太だった。

「大丈夫か！」

「はあ、はあ、はあ……」

仰向けになって、風太の助けを借りながら浮かんだ姿勢の颯汰は、肩と胸を上下させながら激しく呼吸を繰り返した。話すことができない。

やがて、ようやく話せるようになると、絞り出すように言った。

「はぁ、はぁ……負けたよ……はぁ、はぁ……助かった、ありがとな……」

風太は笑顔を返した。よく見ると、風太も激しく肩で息をしている。本気で泳いでくれたんだろう。

二人の差がどれだけあったのか、先にゴールをした風太にしかわからない。でも、風太はその結果について言及することはなかった。

「君たち」

飛び込み台の上から声がした。

「飛び込み禁止だから。それと、他の人の迷惑にならないように泳いでくれ」

「すいません……」

二人は、苦笑いをして謝った。

「でも、いいレースだったよ。二人とも速いね」

監視員は、そう言って微笑《ほほえ》むと、踵《きびす》を返した。

二人はプールから上がると、先ほど颯汰が横になっていたところまで行き、二人で横になった。相変わらず、ジリジリと太陽が照りつけているが、水に濡《ぬ》れた身体に、夏の弱い風が心地いい。

息はまだ整っていないが、最高の気分だ。

「全然体力がないのに、よく勝負しろって言うよ」

風太があきれたように言った。

「まあ、書道部だからな」

「でも、最初の25は速かったな。正直焦った」

颯汰は鼻で笑った。

「マラソンなんかで、優勝なんて狙ってない奴が、最初だけ全力でトップになってテレビに映ろうとすることあるだろ。あれと同じだよ。今の実力じゃ勝てないのはわかってるから一瞬だけでもと思ったけど、一瞬たりとも前に出ることはできなかった。それどころか、差が埋まらなかった」

「勝てないのわかってて、本気出せとか言うなよ」

「まあ、お前に対する礼儀だ。俺、中学のときレースで本気出したことなかったから。まあ、本気出したら勝てたって意味じゃないぜ。そうじゃなく、本気を出しても負けたんだけど、それでも、本気を出さなかったのはお前に対して失礼だったと思ってな。だから、今日のは本気だった……本気でやって、負けた。それを言いたかった」

風太は、昔を思い出して笑った。

「そうだな。お前いつも本気じゃなかったような気がするよ。だから、俺はレースでお前を見ると、いつも恐《こわ》かった」

「恐い？」

颯汰は意外そうに言った。

「ああ。お前はどう見てもセンスの塊みたいな奴だ。俺とは違う。俺は努力で少しずつ成長してあそこまで行った。俺はお前の泳ぎを見ていつも羨《うらや》ましいと思っていたんだ。俺にあんなセンスがあったら、県だけじゃない。全国でだって勝てるんじゃないかって。だから、レースで会うたびに、お前が本気で練習を積んできてたらどうしよう。今度こそは、『打倒俺』に燃えてきたんじゃないかって、思ってスタート台に立ってたのさ」

颯汰は、苦笑いした。

「いらぬ心配だな。そんな根性なかったよ。辛《つら》いことから逃げるの専門だもん俺」

「それが言える奴は強いよ。みんなそれをごまかして生きてるからな」

颯汰は、首を振った。

「初めて言った。今までごまかして生きてきたからな」

颯汰は、笑った。

「でも、もうやめるわ。逃げるの」

風太は起き上がって颯汰の顔を見た。

「だって、かっこわるいもん。負けてもいいから本気でやろうと思う」

「いい顔してるな、お前。つい二日前、彼女に振られたばかりとは思えないぞ」

颯汰は、驚いて起き上がった。

「知ってんの？」

風太はカラカラ笑った。

「聞いたよ、あいつから」

颯汰は苦笑いをした。

「お前みたいな何でもよくできる奴が近くにいると、俺みたいな奴は何もかも中途半端に見えるんじゃねえの。いい迷惑だよ」

颯汰は、風太に向かって冗談っぽく愚痴を言った。

「それが、お前の魅力なんじゃないの」

風太の言葉に、思わず颯汰は風太の横顔を見た。

「だって、その部分が全部伸びしろだろ。俺にはない魅力だよ」

颯汰は、これほどすべてを兼ね備えている奴でも、自分には才能や、伸びしろがないと思い込んでいるという事実に、少し驚いた。誰もが絶望的になりそうな自分の力のなさに向き合いながら、生きているのかもしれない。

「お前、いいこと言うね」

風太は、鼻で笑った。

「……あいつのこと頼むな」

颯汰は、何となく凪早はこの男に思いを寄せているんじゃないかと感じた。そして、この男なら無理もないと素直に思えた。

風太は何も言わなかった。

二人はプールに飛び込んでいる水泳教室の子供たちを見るともなく見ていた。

風が二人の前髪を揺らす。

「なあ、何年後かに、もう一回勝負してくれよ」

颯汰が言った。

「ああ、いつでもいいぜ」

風太はそう言って、手を差し出した。

颯汰は、その手を固く握った。

★

プールの帰り道は、アイスが食べたくなる。

小学生の頃からずっとそうしてきただけに、もはやそれはパブロフの犬状態である。思考よりも先に、足はコンビニへと向かっている。プールの出口まで一緒だった風太も誘ってみたが、時計をチラッと見て、

「予定している勉強があるから、俺は帰るよ」

と言って別れた。颯太は、その一言に風太の真の強さを見た気がした。

コンビニの前に自転車を止め、中に入ろうとしたときだった。

「颯太君」

うしろからかけられた声は、

「みいつけた」

と言われたような雰囲気で、ふり返るとそこには書道部の部長、池田美鈴がいた。

颯太は、苦笑いをしながら
「よお……」

と手を挙げた。

「母方の田舎はどうしたの？」

と美鈴の顔に書いてある。

バツの悪さを感じて、颯太は、

「よお……」

ともう一度言った。

夏の日差しは相変わらず強く、アスファルトを焼き続けているが、公園の大木が作る木陰に入ると少しの風でもあれば、しのぎやすさを感じる。

美鈴は木の下にあるベンチに座って、颯太におごってもらったアイスを嬉《うれ》しそうに食べた。颯汰は、木陰に止めた自転車にまたがったまま、溶けて落ちそうになるアイスと格闘している。

「そんなに水泳好きなら、水泳部に入ればよかったのに。すごい選手だったって、みんなから聞いたけど」

美鈴が、自転車のかごに放り込まれた颯汰のプールバッグを指さしながら言った。

「練習嫌いだったからな……」

美鈴が微笑んだ。

「もったいない。書道もそう。颯汰君、誰よりいい筋してるんだけど、練習嫌いだからな……」

颯汰は苦笑いをした。

「部長はなんで、書道部に入ったの？」

「え？」

美鈴は、急に質問をされて戸惑った顔をした。

「私？　私は……ほら……他に得意なことないし、小さい頃から習ってきたから……」

そこまで言うと、ちょっと考え込んだような顔をして、

「言われてみれば、なんで私、書道部に入ったんだろう……」

という自問を口にした。

「自分でわかんねえのかよ」

颯汰は鼻で笑った。

「わかんない。でも、続けてる理由はわかるよ。今は、集中して本気で字に向き合ってる時間が好きだから。そういう時間を持てば持つほど、もっとやりたい、もっと真剣に書きたいって思うし、やればやるほど、もっと上手くなりたいって思う。私の場合は何でもそうだけど、好きでたまらないから始めるとかじゃないんだよね。でも、やっているうちに、真剣に向き合っているうちに、ドンドン好きになっていく。そういう感覚かな……」

「真剣に向き合えば……好きになる……か」

「うん。颯汰君にとっても、部活がそういう時間になればいいなぁっていつも思ってるけどね」

「真剣に……か。そういう向き合い方してこなかったからな」

颯汰は自嘲気味に笑った。

「少しずつでも、そういう時間を作ってみたら？　案外好きになるかもよ」

颯汰は美鈴の横顔を見た。

「部長、今日は何か、やけに優しいねぇ」

「まあ、颯汰君にアイスで買収されちゃったしね。それに、何もかも上手く行かないときってあるよ……誰にでも」

美鈴は意味深な言い方をした。

「知ってんの？」

美鈴はコクリとうなずいた。

「噂《うわさ》で聞いたよ……別れちゃったって」

颯汰は口元だけで笑って、ため息をついた。

「フン……別れたっていうか、一方的に振られたんだけどね。いやぁ、振られるってダメージでかいぞ。想像以上だ」

「わかるよ」

美鈴の言葉に、颯汰は驚いた。

「うちの学校のマドンナ、モテモテの部長とは思えない発言だなぁ。部長ほどモテたら、失恋なんて無縁だろ？」

美鈴は笑って首を振った。

「会ったこともない人とか、自分が好きでもない人から、キャーキャー言われても全然嬉しくないよ。なんか、ノリで冷やかしてる人とかもいそうだしね。私は、たった一人でいいから自分が好きな人に、振り向いてもらえればそれでいいの。それだけなんだけど、その一人が難しいんだなぁ……」

「部長みたいに、かわいい子に振り向かない奴がいるなんて考えられないけどなぁ」

颯太は真剣に言った。

「いるんだよ。これが……」

美鈴は笑うしかなかった。

「お互い上手く行かねぇな。俺、あれからずっと、俺の何が悪かったんだろうって考えてるんだ。何が原因でこうなっちゃったんだろうって。俺の、どこを直せば元に戻せるんだろうってさ。そしたら、思い当たるところがいろいろ出てきてさ。例えば、さっき言ったように、勉強にしても、水泳にしても、部活にしても真剣に向き合ってこなかった姿勢が、あいつは気に入らなかったのかな……とか。どう？　女子としてはそういう男はやっぱり嫌いになるか？」

「私は、神田さんじゃないからわからないよ。わからないけど、そんなことじゃないような気がするな。そういうのは、後付けの理由にはなるけど、どこをどう直したところで、元に戻るとかいうのではないっていうか……なんか……ごめん」

美鈴は、話しながら、颯太の希望を奪っているような気がして、力なく謝った。

「いや、いいんだ。わかる。そうなんだと思う……」

颯太は、努めて明るく振る舞いながら、自分に納得させるように何度もうなずいた。

「ねえ、颯太君。私の好きなある書家さんが言ってたことなんだけど、人間、辛いことや苦しいこと、思うようにいかないことがあると、それが原因でダメになっちゃう人と、それが原因で成長する人がいるんだって。

ダメになる人は、自分ではない誰かや何かのせいにする人。

自分は悪くない。悪いのは相手だとか、例えばライバルがいるのが悪いとか、時代が悪いとか……とにかく、苦しいことや思うようにいかないことは、自分以外の誰かが悪いから起こったんだって考える人は、それが原因でダメになっちゃうんだって。せっかく大きく成長できるチャンスを捨てて生きてるようなもんだって。だから、何度も何度も同じ苦しみや辛さがやってきて、最終的にはその苦しみに負けて人生を台無しにしてしまう人すらいるって。

そういった意味では、自分の何が悪くてそうなったんだろうって考えている颯汰君は、苦しみや思うようにいかないことを、自分の成長に変えられる人だってことだと思うよ。

だけどね、立ち直れないほど大きな苦しみって、例えば、大好きな人から振られるとか……そういうのは、成長に変えるまでに時間がかかってしまったり、あまりにも自分が悪かったんだと、自分を責め続けたり、自分に自信をなくしたりして、成長に変える前に、その人の良さや輝きがなくなってしまうこともあるんじゃないかって言うの」

「まあ、そうかもしれないけどな、どうしても、自分の何が悪かったんだろうって、考えてしまうんだよなぁ」

「もちろん、それをやめる必要はないわ。大切なのは、未来視点だって」

「ミライシテン？」

颯汰はオウム返しに聞いた。

「そう。未来の自分から見た、今の自分っていう考え方」

「未来の俺から見た、今の俺……」

颯汰はつぶやいた。

「未来の颯汰君がいるよね。例えば40歳になった颯汰君。その未来の自分にとって必要な経験がたくさんあるのよ。辛いことや苦しいことを乗り越えるという経験もその中のひとつで、未来の自分にとって必要な試練を、今経験しているのよ」

「未来の俺が、今の俺にこの試練を与えているっていうの？」

「そう考えるんだって。ほら、例えば大好きな人に振られるっていうのは辛いことだけど、自分の何が悪かったんだろうって考えて、今よりもちょっとだけ優しくなって、強くなれて、人の気持ちに寄り添えるようになって、素敵な自分になれたとするよね。そうすると今よりちょっとモテるようになって、もっと素敵な人と出会える可能性が増えるわけだし……そうなったら、ほら、何て言うんだろう。振られてよかったって思える日も来るんじゃないかな……」

颯汰は苦笑いをした。

「今の俺には、そんな日が来るとは思えないけどね」

美鈴はうつむいた。颯太を励ますつもりが、あまり上手く行かなかったことで、自分自身に対して苛立《いらだ》っているようでもあった。

「ごめん、そうだよね。例が悪かったかな……でも、私はそうやって自分を磨くって素敵だなって思ってるんだ。私の場合は好きな人に振り向いてもらえないけど、それを振り向いてもらえる人になりたいって努力してたら、その人と結ばれるかどうかは別として、いつか、将来の自分が、『あのとき、自分を磨き続けてくれてありがとう』って言ってくれる日が来るんじゃないかって思うの。ほら、受験勉強なんかも同じでしょ。今は苦しいけどさ、その苦しみから逃げなければ、いろいろ成長できるじゃない。そしたら、きっといつか、『ナイス過去の自分!』って言える日が来ると思うの」

「ナイス過去の自分……か。俺、そんな風に将来の自分が言えるようなこと何にもしてねえな」颯太は苦笑いした。

「未来の自分からの要望で、今の試練がある…か。そんなこと考えたことなかったけど、確かにそう考えることで、苦しみから逃れようとするばかりじゃなく、それに立ち向かう勇気みたいなもんは生まれそうだな……」

颯太は、美鈴の自分に対する優しさを感じて、教えてくれたことに同意しようとした。

「部長は、苦しいことや辛いことは、全部そう考えて成長に変えようとしてるの？」

美鈴はベンチから立ち上がった。

「うん。できる限りね。将来の自分にとって絶対に必要だから今目の前にやってきたんだって言い聞かせてる。そうしないと、私、弱いから、何もかも逃げちゃいそうだから」

颯太は、美鈴ほど自分に対して厳しく何でもしっかりこなす高校生はいないんじゃないかと思っていた。それだけに美鈴自身が、自分のことを「弱い」と思っていることに驚いた。ふと先ほどの、山村風太の言葉が頭に浮かぶ。

「すごい」と言われている人は、端で見ていると、自然と努力できたり、苦労せずに結果を出しているように見えるが、実は誰よりも絶望的な自分の才能のなさと、日々戦っているのかもしれない。そして、弱くて、負けそうになる自分をギリギリのところで抑えながら、それを周りに見せないで笑っているのかもしれない。

自分は「ガキだ」と思った。苦しみからすぐに逃げて、できる限り努力しないで生きようとしてきた。未来の自分は、これまでの自分のことを怒るだろう。

「何か、未来の自分からの要望で、今の試練があるって考え方、よく思えてきた」

美鈴の顔が明るくなった。

「ホント？　よかった。希世っていう書家の本で読んだの。ほら、保科希っていう女優でもある……」

颯太は、心臓が止まりそうなほど驚いた。

「え！　保科希って書家でもあるの？」

「そうだよ。知らない？　ほら、今の大河ドラマの題字も彼女が書いたのよ」

あまりの偶然の重なりに、颯汰は手が震え始めた。

震える手をズボンのうしろのポケットに入れると、コースターに触れた。それをゆっくりと取り出す。

「何それ？　オニヒ？　ナナホシテントウ？　読み方わからないけど綺麗《きれい》な字」

「これは、ホオズキって読むんだ。この字を書いたのは保科希だよ」

「え！　どうして？　なんでそれを颯汰君が持ってるの？」

今度は、美鈴の方が驚いた。

颯汰は、自分が経験していることの繋《つな》がりに驚き、胸が高鳴った。この繋がりのことを「ストーリー」と呼ぶのだろう。そんなことを考えながら、キャッキャ言いながら、嬉しそうにコースターを眺めている美鈴の姿を見ていた。

ふさわしき人

夏休みに入ってからまだ一週間ほどしか経《た》っていないのに、この一週間に起こった出来事は、良くも悪くも、これまでの人生の中で経験したことがないほど大きなものばかりで、自分でも何が起こっているのか、颯汰にもよくわからない。

凪早に振られるという経験は、颯汰のこれまでの人生で最大の不幸と言っていい。

これまで、彼女に振られて落ち込んでいる友人を見ては、

「男のくせに、だらしない」

と思っていたが、好きな人とある日突然別れる経験をしたことで、それは切なく、苦しく、辛《つら》く、受け入れがたいことだとわかり、美鈴が言ったように、今まで寄り添えなかった多くの人の心に寄り添うことができるようになったのかもしれない。それだけ優しい人になれたということだろうが、この出来事を、颯汰の心はまだ処理し切れていない。

ただ、同時に人生最大のチャンスもやってきているような気がする。

保科希や月代漸登といったそれぞれの世界の第一線で活躍している大人との出会い、そして、秘密結社 Ladybird のメンバーとの出会いに加えて、その面々から聞いた、人生について、生き方についての学び。これは、間違いなく、これまでの人生になかった、いやこれからの人生でだって、これほどの不思議な縁の繋《つな》がりは経験できないだろうと想像できる素晴らしいチャンスだろう。

果たしてこれまで、世の中のどれくらいの人が、貧血で倒れて目が覚めたら秘密結社の

アジトにいたという経験をしただろう。普通の人は人生において何回くらいそんな経験をするだろうって考えてみるとわかる。そんなこと、人生で一度も起こらないのが普通だって。しかもその秘密結社は「悪の組織」ではない。かっこいい生き方をしている大人の集団だったなんて……。

颯汰は、訳がわからなくなるほどの不思議な縁の連続に、こちらの出来事もまだ上手《うま》く処理し切れていない。

まさに、振り子が片方に大きく振れると、反対側にも大きく振れるように、大きな苦しみと、それに比例するほど大きなチャンスが同じ時期に一緒にやってきている。

そして今、自分は変わりたいと思っている。

変わろうとしている。

そんな自分にとって、今日、熊谷謙治と会うということが、大きな意味を持つことだけはわかる。颯汰にとって熊谷はすでに苦手な大人ではなくなっていた。

颯汰は、若干の緊張と大きな期待を胸に、約束の時間に熊谷の事務所の前に立った。

インターホンを押すと、

「入ってくれ」

と相変わらずぶっきらぼうな言い方の謙治の声がした。

「失礼します」

そう言いながら、引き戸を開けると中に入った。謙治はこの前同様、机で仕事をしていた。颯太は靴を脱いでそれを土間の隅に揃《そろ》えた。

「おお、履物は揃えられるようになったか」

謙治はからかうように言った。

颯太は苦笑いをして、

「熊谷さんに教えていただいたんで……」

と言いながら、事務所に上がらせてもらった。颯太は、謙治に勧められるままに、この前と同じソファに腰掛けた。

「今日は、お前が来るからって、これを探しておいてやったよ」

そう言って、謙治は歩み寄ると、テーブルの上に一冊の冊子を置いた。

『未来』とタイトルがつけられた、緑色の紙の表紙には、黒一色で書かれた学校の校舎の線画が印刷されている。

「卒業文集……ですか」

『橘《たちばな》南中学校 S58』と書かれている。

「ああそうだ」

颯太は目の前に置かれた文集を見つめた。30数年の年季を感じる。謙治は一旦自分の机に戻ると、皿に乗せられた桃を持って颯太の目の前にやってきた。食べやすい大きさに切ってあるが、皮や種まで同じ皿に乗っていることから判断して、客としてやってきた颯汰のために切ってくれたわけではなく、謙治が自分で食べるためにこの場で切ったばかりだということがわかる。

「お前も食うか？」

謙治の片手には桃が盛られた皿と、もう片方の手にはデザートフォークが二本握られている。

「あ……はい……いただきます」

颯汰はそう言って頭を下げた。謙治は二本のフォークを桃に刺すと、颯汰の目の前のテーブルに皿を置いて、自分も颯汰の目の前に座った。

謙治が、一切れ自分の口に運ぶのを見て、颯汰は、

「いただきます」

とあらためて言い、自分も手を伸ばして桃を口にした。皿の横に置いてある卒業文集に挟まれている付箋の部分が気になる。

口の中のものを飲み込むと、謙治はフォークを皿に戻して、

「さて」

と声を上げた。颯汰も慌てて、口の中のものを飲み込んだ。

「俺は、今日がお前の人生において、大切な日になるよう、本気で話をしようと思う。お

前もそのつもりで来たか」

颯汰は、姿勢をただすと、謙治の目を見据えて無言でうなずいた。

「いいだろう。じゃあ、その前にひとつ。お前は俺に言わなければいけないことがある」

颯汰は思わず固まった。何かしら質問されることは想定してはいたが、全く想定外の質問だ。言わなければならないことなんてさっぱり見当がつかない。頭をフル回転させて、とっさに出てきたのは、お礼の言葉だった。

「えっと……今日は、自分のためにこのような時間をとってくださり、本当に……」

「ハズレ」

謙治の大きな声に、颯汰は気圧《けお》されて言葉を切った。そして、それがハズレなら、何が「あたり」なのか、全くわからなくなってしまう。颯汰の表情は、一気に焦りの色が濃くなった。しばらく考えてみたが、他に思い当たることがない。颯汰の額からは汗が流れ出ていた。

「答えは、桃についての感想だ」

「え？」

颯汰は虚を突かれて、変な声を上げた。

「ええっと。ウマいっす」

謙治は鼻で笑った。

「フン。そんなことわかるかって顔をしてやがるな。そうだ、わかりっこない。食った桃についての感想を俺に言わなければならないなんて、誰にもわからないことだろう。でも、俺と同じ苦労をした人間なら、桃について俺に何かを言わなければって気になるだろう。その桃な、俺が育てたんだ」

「熊谷さんが……ですか？」

颯汰は、謙治と桃を交互に見つめた。

「そうだ。お前、桃を種から育てたことあるか」

謙治は、質問をしておきながら、颯汰の返事を待たずに話を続けた。あるはずがないとわかりきっている。

「これだけ立派で、甘い実が採れるようになるまで、どれだけ大変な思いをしなければならないか俺は知っている。だから『ウマいっす』なんて言葉では終わらすことができないほどの感情が俺の中には湧き起こる。でもお前にとっては、いつも食ってる桃となんら変わらない。お前がいつも食ってる桃は、何の苦労もしないでも目の前にやってくる。育てるのも他人なら、買いに行くのも、それを切ってくれるのも、お前の母ちゃんだろ。お前がいつも口にする桃は、いつもそこに用意されている。そして食って『美味《う ま》い』と思ってそれで終わりだ。

今、俺とお前は同じものを食った。でも俺たちの間には全く違う感情が心の中に生まれたんだ。わかるか」

「はい……」

　颯汰は、うなずいた。

「人生の学びなんてものも、同じようなもんだ。言葉にしたらたいしたことじゃない。でも、同じ言葉を耳にしても、それまでの経験からその言葉が、人生を変えるような衝撃をもたらすこともあれば、『へえ』で終わってしまう奴《やつ》もいる。俺たちが、お前に教えてやれることは、言葉で言えば、それほど難しいもんじゃないし、目新しいものじゃないのかもしれない。でも、それが、人生を変える衝撃をもたらす、そんな生き方をお前がするしかないんだよ」

　本気で伝えに行くと言った謙治の言葉に偽りがないことを証明するかのように、謙治の言葉は強く、熱くなっていった。

「何となくわかります」

「今は、それで十分だ。だが、お前に教えるのは今日で最後かもしれない。次はない。何となくではダメだ。別の言い方をしよう」

　謙治は、颯汰に自分の考えを伝えようと必死だ。そのことが颯汰にも伝わってくる。颯汰の表情は自然と引き締まった。

「今、お前が受け取っているのはこっちだ」

謙治は、皿の上に無造作に置かれた桃の種を指さした。

「種……ですか？」

「そうだ。今までお前が保科や本庄、御堂から聴いてきた話も俺がこれからする話も、すべて種でしかない。お前が持って帰って育てようとしたら、芽を出させるのすら大変なことだとわかるだろう。それでもあきらめずにしっかり世話をして、何年も大事に大事に育てれば、そのうちたくさんの実をつけて、それを楽しむこともできるし、更にたくさんの種を生み出すこともできる。でも、持って帰っても育てないなら、いつまで経っても種でしかない。どんなに素晴らしいことを知っていても、それを実際に行動に変えて、自分の中で何年もかけて大事に育てなければ、この種と同じだ。手元にあるのに、いらないものとして捨てられて終わり。全く意味がない。

いいか。一生かけて、俺たちから教わったことを自分の中で大きく育てていくんだ。

それは、お前の人生を支えてくれる柱になる。そんな柱を作る覚悟を持て。わかるか」

颯汰はうなずいた。

「わかりました……って、簡単に言ってはいけない気がするんですけど、でも、話だけを聞いてわかった気になるなってことですよね。行動をして、その……自分のものにしろと
……」

「そうだ」

謙治はうなずいた。
「よし、そのことがわかったら、そこの付箋のところを開けてみろ」
颯太は、目の前の文集を見つめた。
颯太はゆっくりと手を伸ばしてそれを手に取ると、付箋が挟んであるページを開いた。
予想した通り、そこには二階堂肇が書いた作文があった。
颯太は、チラッと謙治の方を見た。謙治は読んでみろと目で合図をした。

「ふさわしい人　　三年五組　二階堂肇

僕は、正月になると神社で毎年お願いしていることがある。
それは、
『僕は努力をする。だから、それにふさわしいものを与えてください』
という言葉だ。
それ以上でも嫌だ。それ以下でも嫌だ。
自分の努力にふさわしいものが、自分の将来に手に入るそんな生き方をしたい。
そして、それが与えられることを信じている。

だから、僕はどこまでも、どこまでも頑張る人でいたい。

僕は、自分のやってきたことにふさわしい人になりたい。」


誰よりも短いその作文は、誰よりも強い意志に満ちたものだった。

颯汰は、その文章を何度も読み返していた。

読み返せば、読み返すほど、二階堂肇の人間性が活《い》き活きと伝わってくる。

「どうだ？」

謙治が尋ねた。

「中学生とは思えない強さを感じます。普通の中学生なら、プロの○○選手になりたいとか、将来の夢は○○になることですとか、手に入れたいもののことを書くんでしょうけど、二階堂さんは、自分の努力以上のものは受け取りたくないって言ってるのがすごいっていうか……」

謙治は満足そうにうなずいた。

「俺は、この言葉を高校三年間であいつにすり込まれたんだよ」

「ふさわしい人になれ……ですか？」

「ああ。『ふさわしい人になろうよ』ってあいつはそればかり言っていた。俺の知っている限り、そんなことを言っている高校生はあいつしかいなかった。いやそれどころか、それを読めばわかるだろ、あいつは中学からそんなことを言ってた。俺はショックを受けたよ。何だこいつって」

謙治は昔を思い出して微笑《ほほえ》んだ。

「普通、受験生ってのは、自分の努力は棚に上げて結果を求めるだろ。何かの間違いでもいいから受からないかなとか、奇跡が起こって合格できないかなってな。自分のやってきた努力に見合った結果を……なんて念じる奴はいない。そんなことしたら不合格になるってわかってるからな。でも、あいつは本気でそれを願っていた。

自分がした努力以下の結果しか手に入らないのを嫌うように、努力以上の結果が手に入るのを嫌っていた。長い目で見て、それは自分の将来にマイナスでしかないとわかっていたんだ。そのことをあいつはいつも心の天秤《てんびん》の話で説明してくれた」

「心の天秤……ですか」

「そうだ。心の中にはいつも天秤を用意しておいて、片方の皿に、志望校合格とか、自分の手に入れたいものを置く。そうして、反対側の皿の上に、努力を積み重ねていく。そうすると、そのふたつが釣り合うときがやってくる。そのとき初めて自分の手に入れたいものが手に入る。

とてもシンプルで、当たり前の説明だが、ほとんどの中高生が、この天秤を用意していないから別のことを期待しているというのがあいつの説明だった。つまり、片方の皿に置いた手に入れたいものよりも、ずっと小さい努力しか反対の皿に乗せていないのに、これで何とか、手に入らないかなぁって期待するような生き方ってことだ」

「確かに……でも、それで手に入ったって自慢する奴もたまにいますけどね……」

「それは、ラッキーではない。どちらかというとアンラッキーだ。

人間は、努力と釣り合いのとれた成果を手にしたときしか、安心してそれを享受できないんだよ」

「きょうじゅ……？」

「手に入れた素晴らしいものを心から楽しむ生き方ってことだ。実力不相応の結果は、いっとき、そいつを幸せの絶頂まで連れて行ってくれるかもしれないが、必ずそれによって苦しむ日々がやってくるってことだ。それに、釣り合いのとれない天秤のままで何とか自分の欲しいものを手に入れられないかと願う人は、それだけ人にだまされる可能性も高くなる」

「なるほど……」

「あいつの考え方に触れると、自分たちがいかに利己的で、甘い夢を抱いているかがわかる。そして、お前もそのうちわかるだろうが、そう考えて生きているのは中高生だけじゃない。みんなそのまま大人になって、いつまでも同じことを考えている。心の天秤の釣り合いを考えないで、あまり努力はしないけど、ものすごく大きな成果が手に入らないかなぁって期待して生きている」

颯汰は身体《からだ》が熱くなるのを感じた。謙治からこの話を聴かなければ、どこまでもそういう生き方を続けた可能性がある。この瞬間に自分の人生は変わろうとしている。今は、まさにそういう時間だ。

「何だか、耳が痛いです……」

颯汰は素直に言った。謙治は笑った。

「心配するな、みんな最初はそうだ。だけど、新しい学びに触れるときがやってくる。それをもたらすのが縁だと思うが、その縁から、しっかりと自分の学びに変えて、自分の人生を支える柱となるまで、実践すればそれでいい」

颯汰は難しい顔をして、テーブルの上に置かれた卒業文集を見つめていた。

「どうした、青年。難しい顔をして」

「はい……熊谷さんが最初におっしゃったように、心に天秤を置いて、欲しいものと努力が釣り合ったときに手に入るっていうのは、とってもシンプルでわかりやすくて、単純なことなんですが……それを、日々実践するのは、本当に難しそうだし、ものすごく意志が強くないとできないことだと思うから……」

謙治は嬉《うれ》しそうに微笑んだ。

「いいぞ、青年。わかりましたって言ったら、『わかる』と『できる』は違うんだって、頭をひっぱたいてやるところだった」

颯汰は、無意識のうちにひっぱたかれるのを回避できたようで、苦笑いをした。

「そうだ。誰だって、言ってることはわかる。でも、それを実践できる人は、本当に一握りだ」

「俺は……自分がそれを実践できる人になれるのか正直不安です」

颯汰は自信なさそうに言った。

「それは大丈夫だ。お前にもそれを実践できる力があるということに、いつかは気づく。それは、働くようになったらわかることだ」

「働く……ですか」

「ああ。今のお前は、受験勉強すら真面目にできないのに、将来仕事が真面目にできるのかって不安になっているだろう。でも、大丈夫だ。勉強ができるというのと、仕事ができるというのは、全く別の能力と言っていい」

「そうなんですか？」

颯汰は思わず目を見開いた。

子供時代の優秀さは、そのまま将来の優秀さに繋がるものとばかり思っていたからだ。

根拠はない。確かに言われてみれば、子供の頃優秀だった人が、必ずしも将来活躍するとも限らない。でも、何となく勉強もちゃんとできない奴が、将来仕事をちゃんとすることはできないだろうという想《おも》いはあった。

「働くというのは、誰かと交わした約束をしっかりと守るってことで成立するんだ。一方で、受験勉強はどうか。そうだ、自分との約束を守ることで成立する。どっちが難しいかは人によって違うだろうが、多くの人にとって、断然、自分との約束を守ることの方がはるかに難しいことだ。だから、ダイエットグッズはいつまでも売れる。みんな自分との約束を守れないからだ。

自分の夢の実現も同じだろ。誰かと約束するわけじゃない。自分との約束だ。だからそれを守りきれる強い意志と精神力を持った人だけが、それを成し遂げることができる。肇が秘密結社を作った一番の理由はそれだろう。つまり、自分との約束を守るためのひとつの手段として、秘密結社ってことを考えついた」

「自分との約束を、他人との約束に変えたってことですか……」

颯汰は、正解を確認するように、謙治に聞いた。謙治はゆっくりとうなずいた。

「そうやって、あいつは俺たちをとんでもないところまで引っ張っていってくれた。でも、本当はあいつ自身が、自分との約束をどうやって守ったらいいのか考えていたのかもしれない。それほど、誰にとっても、自分と交わした約束を守り続けて生きていくというのは、大変なことだ」

颯汰は無言でうなずいた。

「俺たちにとっては、それが秘密結社っていうバカげたお遊びだったが、お前が全く同じものを作る必要はない。もちろん真似《まね》をするなとも言わない。ただ、俺たちから何かを学んで、自分も成長したいと思っているなら、自分との約束を守るための方法を自分で考えて、実行しろ」

颯汰は、顔を上げた。謙治はその目の中に、強いやる気と意志を、そしてほんの少しの迷いを感じ取った。

「だいぶいい目になってきたな。でもまだ、ちょっとした不安もある。そうだろ？」

「……はい。俺は、生まれ変わりたいと思っていますし、みなさんのように、ふさわしき人になるために、努力をしてみようと、心に火がついたと思っています。でも、今までそれを続けられたことがないので、自分にもそんな生き方を続けることができるのかどうか、ちょっと不安な部分は正直あります……」

「なるほど。その部分は心配だろう。よし、継続するための具体的方法を教えてやろう。それを試してみろ」

颯汰はうなずいた。

「お前、高校卒業後の進路は決めているのか？」

「はい。大学に行きたいと……」

「じゃあ、行きたい大学は決まってるのか？」

「はい……一応」

「どこだ？」

「ええと、K大学です」

「よし、じゃあそのK大学に、合格する人間としてふさわしい人間をイメージしてみろ。できる限り具体的にだ」

謙治は颯汰の様子を観察しながら話を進めた。

「そしたら、考えろ、今の自分はそっち側の人間か？」

颯汰は首を振った。

「そうだな。つまり自分でもわかっている。今の自分はK大学に合格するにふさわしい人ではないって。そこで、今日一日だけ、そっち側の人間になると決めろ」

「今日一日だけ……ですか？」

「そうだ。今日一日だけでいい。こんな過ごし方をしている奴がK大学の合格を手にするにふさわしいだろうと自分でも納得できるような過ごし方を、一日だけでいいからしてみると決意しろ。どうだ、難しそうか？」

「いいえ。今日一日でいいんなら、いけそうです」

「一日でいい。その代わり、今日だけは負けるな。いつもは逃げていたかもしれないけど、今日だけは逃げないって決めろ」

　颯汰は力強くうなずいた。

「はい。それならできそうです」

「それで十分だ」

「ああ。一日できる奴は、一生できる。実際に、長い間ひとつのことに集中して、何かを成し遂げている人は、すべての『今日』について、そう考えて生きているに過ぎない」

「すべての今日……」

「朝起きるだろ。そうしたらまず心に決めるんだ。今日だけは、今日一日だけは、負けない逃げない。今日だけは、自分が手に入れたいものにふさわしいと自分で納得ができる生き方をする。一日が終わるときに、今日みたいな過ごし方をしている奴は、嫌でも自分の欲しい合格が手に入るんだろうなぁと、自分でも納得できる一日にする。そう心に決めるんだ。そして、そんな一日が送れたら、合格への道は半分来たも同じだ。一日できる奴には、ずっと続ける力が必ずある。今日一日すらできない奴には、一生チャンスはない」

「たった一日で……？　それからも続けられるようになるんですか？」

　颯汰は半信半疑で聞いた。

「ああ。考えてみろ、そんな一日を自分が送れたとしたら、一日の終わりにどう思う？

もう二度とこんな一日はごめんだって思うと思うか？　真逆さ。こんなに気分のいい一日はないって思うだろ。自分にもできたって喜びに溢《あふ》れてな。だから、次の日もそんな一日にしたいって、心から思えるようになるのさ。そうやって『今日だけは』っていうのをすべての朝に決心する」

「それって、結局毎日ってことじゃ？」

「端から見ると同じことのようでも、『毎日やる』と決めてやるのと、すべての今日について『今日だけは負けない』というのは全く違う感覚だ。そして、自分の使命に燃えて生きる人はほとんど、こうやって一日区切りで生きている」

「今日一日だけ」

自分に言い聞かせるように、颯汰はつぶやいた。

「そうだ。続けることとか、明日も、明後日《あさって》もとか先のことを考えるな。とにかく、今日一日に集中しろ」

「わかりました」

「そうしているうちに、ふさわしい人になるのは、自分にとって当たり前になる。それでも、自分で決めたやらなきゃいけないことをやるのが苦しくてたまらない奴は、『恋する力』が足りてない。もっと恋しなきゃいかん」

「恋……ですか？」

颯汰は、謙治の口から出てきた意外な単語に耳を疑った。

「そうだ。恋だ。お前、恋したことあるだろ？　恋したら、相手と仲良くなるためならどんな面倒なことも、面倒だとは思わなくなるだろ。恋する相手から呼び出されたら、どんな暑さ寒さ、困難をものともせず、ほんの一瞬会うためだけに、家を飛び出していくだろ。恋には、面倒をやりがいに変える力があるんだ。そんな経験ないか？」

「いや……あります」

「じゃあ、お前は、自分の未来に恋をしているのか？」

「え？」

颯汰は、一瞬固まった。なぜだか脳裏に部長の池田美鈴の顔が浮かんだ。自分の頭の中には、「恋」＝「好きになった異性に対して抱く感情」という固定観念があったことに、この一言で気が付いた。

「いいか。俺たちは、自分の未来に恋をしたんだ。やらなきゃいけないことはわかっているけどできないっていう奴は、まだまだ、自分の未来に対して恋をしていない。お前はどうだ……」

確かに自分が好きな異性に対して恋するように、自分の未来に恋をすることができれば、どんな面倒もすすんで引き受ける人間になれるだろう。それほどまで強烈に自分の未来に対して恋心を抱いたことなど、今までにない。考えたこともない。

「目標を抱くと、やらなきゃいけないことは当然増える。その増えたやらなきゃいけないことを、我慢しながら、苦しみながら何年も続けることは、誰にとっても苦痛でしかない。でも、実際に努力を続けて、それを手にするにふさわしい人になった人にとって、それは苦痛ではなかったのかもしれない。なぜなら彼らは、自分が恋した未来に近づくためなら、やってくるどんな困難も笑顔で受け入れただろうからな。肇がそうだったし、俺たちもそうだった」

「自分の未来に恋をする……」

「ああ。やらなきゃいけないことに苦しめられるんじゃない。そんなこと、試練でも何でもないと思えるほど、大好きな未来を持ってみろ」

颯汰は、自分の頭の上にかかっていた分厚い雲が、急速に薄くなり、晴れていくような感覚に包まれていた。誰かを好きになるように、自分の未来に恋をする。

初めて言われた言葉ではあるが、それなら自分にもできそうな気がする。そして、本当に恋することができれば、目の前にやってくる困難には目もくれず、恋する相手に少しでも近づくべく行動をとることができるだろう。

自分に足りていなかったのが、未来に恋する力だったとは……颯汰は、思わず笑い出しそうになった。

「今日、俺がお前に教えてやれるのはここまでだ。

あとは、お前次第だ。迷ったり考えたりしながらも、そこから逃げずに向き合えるそんな一年を送れたと感じたら、来年の夏、また会いに来な。俺たちは7月25日に、あそこにいる」

「はい……」

謙治の表情も口調も優しかった。初めて会ったときの謙治の印象とは別人のように、颯汰に対して真剣に接してくれているのがわかる。そのことがありがたくて、颯汰は頭を下げた。

「それから……おとといは、みっともないところを見せちまって申し訳なかったが、どうしてあの部屋をお前に見せようとしたのかって、珍しく倅《せがれ》が聞いてきてな。事情を説明したら、そういうことならちゃんと見せるから、次にお前が来たときには連れてきて欲しいって、妙に協力的なんだよ。もう一回行ってみるか?」

颯汰は、ちょっとだけ腰がひけて遠慮がちに答えた。

「大丈夫なんですか? 俺は、別に、見られなくてもいいですよ……」

「いや、大丈夫だ。どちらかというと、倅は見に来て欲しいみたいな言い方だったから……この前は、部屋が散らかっていたのかもしれねえな。まあ、あいつがそう言うんだから、遠慮するな」

「それなら……ちょっとだけ」

颯太は、恐る恐るといった雰囲気で立ち上がった。

事務所から、謙治の自宅へ移動すると、リビングでは男の子が一人、テレビでゲームをしていた。

「あれ、下の倅」

ゲームに夢中になる子供は颯太には見向きもせず、身体を揺らしながらゲームに興じている。小学校高学年くらいか。

廊下を歩き、この前案内された部屋の扉の前に立った。中には人がいる気配がある。また、同じことになりはしないかと、心配する颯太をよそに謙治は、すぐにノックして、

「おい、連れてきたぞ」

と言った。

中から返事はなかったが、すぐに「ガチャ」と音がして扉が開いた。

そこに立っていた熊谷の息子は、ふて腐れているような、でも若干笑っているような、どういう顔をしていいかわからないといった表情で、うつむいている。やがて、颯太が聞き取れないほど小さな声で、

「どうぞ……」

と言うと、自分は部屋から出て廊下に立った。

颯太は謙治の顔を見た。謙治が、両手を開いたジェスチャーで、何だかわからないけど

中に入っていいらしいという意味を伝えると、颯汰は部屋の中を見た。

思いのほか、きちんと整理されている。

「当時使っていたもので今残っているのは、あのイスとガラステーブルぐらいかな」

謙治は、木でできたイスを指さした。

「他のものは傷んだり使えなくなったりしたから全部新しく買い換えたけど、肇が座っていたあのイスとみんなで囲んだテーブルだけは、今でも変わらずにあそこにあるんだよ……」

謙治はしみじみ言った。

颯汰は、背もたれを抱えて反対向きに座りながら話す肇の姿をそこに想像してみた。

30年という想像できないほど長い年月で、二階堂肇と、彼が作った『Ladybird』のメンバーが成し遂げてきたことの数々は、颯汰にとってまぶしすぎる輝きを放っていた。

謙治も同じように、30年前の肇の姿を思い出しながら、そのイスを見つめていた。

30年という、過ぎてしまえばあっという間の日々を思い出しながら、自分たちはまだ幼虫でしかなかったんだなと、昔の肇に心の中で語りかけていた。

「そのことを、こいつに教えるのは、まだまだ先でいいよな……」

謙治は颯汰の横顔を見つめながら、心の中で肇にそう言った。

「ありがとうございました」

颯汰が謙治に礼を言った瞬間に、謙治の携帯が鳴った。謙治はポケットから携帯を取り出すとそれを耳に当てながら、颯汰から離れていった。

そのタイミングを見計らって、謙治の息子、舜也が颯汰に話しかけた。

「俺のこと、覚えてますか？」

「え？」

颯汰は、変な声を上げて、自分と同じような髪の色をした中学生を見つめた。

「いや……ごめん。おととい会ったのが初めてだと思うけど……」

舜也は首を振った。

「実は、桜山さんに会ってるんです。三年前に」

「三年前？」

舜也はうなずいた。

「川で、俺が目を離した隙に、流された弟を助けてもらいました」

「ああ……」

颯汰は記憶の隅から、中学三年の時の川での出来事を掘り起こした。溺れている小学生を助けたのは覚えているが、どんな顔をしていたかは全く覚えていない。

「あのときの……ってことは、リビングでゲームをしてたのがあのときの弟？」

舜也はうなずいた。

「俺、今考えてもあのときのことはゾッとするんです。もし、桜山さんがいなければ、弟は死んでたんじゃないかって。そうなっていたら俺の責任だったって」

「いやぁ、たまたまだよ。たまたまあそこにいただけだからね」

颯汰は謙遜した。舜也は首を振った。

「それでも、本当に恩人なんです。あの日のことは、俺しか知りません。弟も忘れてると思います。俺、恐《こわ》くって帰ってから親父《おやじ》にも言えませんでした」

颯汰は、舜也の肩に手を置いた。

「そうなんだ。じゃあ、俺も君のお父さんには内緒にしておくよ。二人だけの秘密な」

舜也がペコリと頭を下げた。彼の金髪の髪の根元から黒い毛が少し伸びてきているのがわかる。

「君、将来お父さんの後を継ぐの？」

颯汰は思わず聞いた。舜也は苦笑いをした。

「さあ。わかんないッす。俺親父と違って勉強できねぇし、頭悪いから」

颯汰は笑顔を作った。

「俺が言ったってのは内緒な。君の親父さんも中学生のときは全く勉強できなかったらしいぞ」

舜也はちょっと嬉しそうな顔をした。

「マジッすか？」

「ああ。マジ。だけどその後の人生はスゲエな。ホントに尊敬する」

「俺もそう思います」

「それに、桃を作ってくれる親父なんて、なかなかいないよ」

舜也は苦笑いをした。

「テントウムシが寄ってくるからって言ってました？」

「テントウムシが？」

颯汰は聞き返した。

「はい。桃の木にはアブラムシがつきやすいので……」

そこまで話すと、舜也は咳払《せきばら》いをひとつした。謙治が電話を終えて戻ってきたからだ。

まだまだ、親の前では素直になれない年頃らしい。

「御堂からだった。大変なことになったらしいから、時間が許すようならお前にも来て欲しいとよ」

「大変なことって……？」

謙治は首を振った。

「詳しいことはわからん。とにかく俺は今から行ってみる。お前も来るか？」

颯汰は、うなずいた。

「俺、自転車なんで、あとから追います」

謙治は、颯汰の言葉にうなずくと、すぐに踵《きびす》を返した。颯汰も謙治のあとに続いた。

謙治が車に乗り込み、門から出て行くのを見届けると颯汰も自転車にまたがった。

門のところで、一度颯汰はふり返った。

「来年、もう一度ここに来る」

そんな決意を込めて、熊谷の事務所を見つめた。家の裏に桃の木が見えた。

「よし」

と一息ついて、自転車を漕ぎ出した。

奮闘

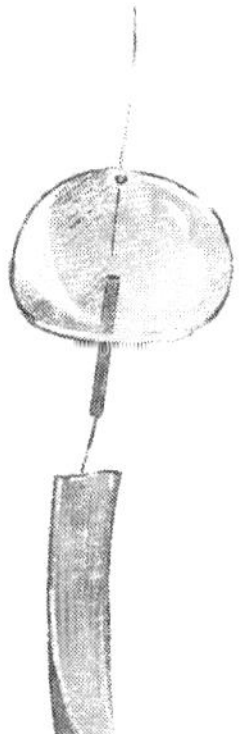

颯汰が自転車を飛ばして、商店街へと続く坂道のふもとにやってきたときには13時を回っていた。坂の下から車両通行止めになっていて、警察官が数人で車の誘導をしている。人通りもいつもとは比べものにならないくらい多い。

颯汰は、御堂書店の前で見たポスターを思い出した。

「今日は、商店街の夏祭りか！」

汗だくになりながら、自転車で坂道を登ろうとしたが、警察官に、押して歩くよう注意されたので、仕方なく降りて、押しながら駆け上がった。

通りはごった返していて、思うように前に進めない。

お祭りは、午前中から始まっていたらしく、颯汰が御堂書店の前にたどり着くまでに、浴衣姿の同級生とも何人かすれ違った。

他の店は店前にワゴンを置いてセールをやったり、日頃は営業していない店のシャッター前では屋台が出たりしていて、人で賑《にぎ》わっていたが、御堂書店だけはシャッターが半分以上閉められた状態で、一店舗だけ祭りに参加していないように見える。隣の屋台で買った、たこ焼きを食べる場所として店の前を利用しているカップルが何組かと、祭りの様子を写真に収める人たちだろうか、腕章をしてカメラを持った人が数人いるだけだ。

颯汰は、自転車を止めると、その人波をかき分けるようにして、御堂書店の中に入った。店内の電気も消えていて、人の気配もないが、颯汰が一目散に隠し扉の前に向かうと、中からその颯太の姿を確認してくれた哲によって、隠し扉が開かれた。

颯太は息を切らしながら、Ladybird の中に飛び込んだ。

集まっていたのは、御堂哲と、本庄和宏、そして、熊谷謙治の三人だ。

「何があったんですか？」

颯太は、流れる汗をぬぐいながら、恐る恐る聞いた。

颯太が到着する前に、哲からの状況の説明は終わっていたらしく、誰もがすぐには口を開こうとしなかったが、哲がため息をひとつつくと、一度にっこりと微笑《ほほえ》んでから、状況を説明し始めた。

「ここ『Ladybird』のことが情報として表に出てしまったんだよ」

颯太は息をのんだ。

「そんな……」

哲は、微笑みながら首を振った。

「それはそんなに深刻なことじゃない。いつかは誰かによって明らかにされるのは、わかっていたことだから。むしろ、今までそうならなかったことが不思議なくらいさ」

「そうなんですか？」

颯太は、三人の顔を順番に見ながら確認した。

「まあ、いつまで秘密のままでいられるかって遊んでただけだからね。残念ではあるけど、これからは一般の人も入れる普通のお店としてやっていくことになるだろうね」

哲が言った。

その瞬間、颯汰は自分がここのコースターを、美鈴に見せたことを思い出して、一瞬で血の気が引いた。

「もしかして、俺のせいで……」

そう言いかけた途端、哲が続きを話し始めた。

「むしろ問題なのは、その漏れ方と、今日をどうやって乗り切るかってことなんだ」

「どういうことですか？」

颯汰は、恐る恐る尋ねた。

「颯汰君は、水田様之輔って知ってる？」

「はい、知っています。ドリームキャッチャーのボーカルですよね。今日のお祭りに来ることになっている」

哲はうなずいた。

「彼が、今日の明け方、飲酒運転で車の事故を起こして、警察の厄介になったってニュースは？」

「いえ……初めて聞きました」

颯汰は、目を丸くした。

「彼は、ここの常連で、昨日もここに来た。事故はその帰りだったらしい。いつものようにタクシー呼んだからまさかとは思ったけど……そこで、彼が警察にそのことを話して、今朝、刑事が二人で事情聴取に来た。その情報がマスコミに流れたんだよ」

「ってことは……」

「朝から、マスコミ関係からの問い合わせの電話が鳴り止《や》まなくって大変な騒ぎだよ。とてもじゃないけど本屋を営業できる状態じゃないから、せっかくの祭りだっていうのに、こうやって朝から店を閉めたままさ。今も外に出たらマスコミのカメラマンが何人か待ち構えているよ」

哲は苦笑いをしてみせた。

「まあ、そんなことはたいしたことじゃない。一番困ったのは……」

「今日のライブは……」

颯汰は、哲の言葉を待たずに尋ねた。

哲は、静かに首を横に振った。

「もちろん、中止だ。用意したステージもその他の準備も全部パー。おまけに出演は個人的にお願いしたものだから、事務所がキャンセルの補償をしてくれるわけでもないし、今更代わりのアーティストに出てもらうこともできない……ライブが行われる夕方以降の、来場者増を期待して各店舗ともに仕入れをしてあったのに、昨日の夜中にそのニュースがネットで流れたから、朝から客足も悪くて現時点で予定の半分も人は来ていないらしい。夜はもっと少なくなるだろう」

「そんな……じゃあ、ステージは、折り紙アーティストの方のステージで終わりってことですか？」

「よく知ってるね」

和宏が感心したように颯汰を見た。

「ポスターで見ました」

哲は、首を振った。

「残念ながら、彼も来ない」

「どうして？」

「彼は、沖縄在住のアーティストなんだけど、台風四号が沖縄の南沖に停滞している影響で、昨日も今日も飛行機が全便欠航になったんだ。飛行機が飛ばなければ、来ようがない」

「そんな……」

「希世子ちゃんに、来られないか問い合わせてみたんだけど彼女も今仕事で札幌にいて祭りの時間に間に合わないって言うし、どうにもお手上げだな。何かできることはないかって、相談するために、来られる人だけでも集まってもらったんだけど、どうしようもないね。折り紙アーティストがパフォーマンスで使うはずだった大きな紙も無駄になっちゃったよ。この商店街のためにと思って、僕が中心となって、この祭りを企画して音頭をとってきたことが、まさかこんな形ですべて裏目に出るとはね……」

哲は力なく笑った。

颯太を含む四人は、黙り込んでしまった。

それぞれどうすべきかを考えているのだが、いい案が浮かばない。

やがて、颯太が小さく口を開いた。

「……紙……大きな紙って、どれくらい大きいんですか？」

「え？……畳六畳ほどだけど……」

「それ、俺が使ってもいいですか？」

「え？……いいけど……なんで？」

「ちょっと、出してください。俺を外に出してください」

颯太は慌てて言った。

「あ……ああ、いいけど」

哲は、扉を開けた。颯太は、

「ちょっと待っててください」

と言い残すと、慌てて店の外に走り出ていった。

「あいつ、どうしたんだ？」

謙治が言った。哲も、和宏も肩をすくめて、すぐにもとの沈黙が「Ladybird」の中に漂った。

★

颯汰は自転車にまたがって、メインの通りではなく裏道を下って家に向かった。

自転車を漕ぎながら、颯汰は携帯をポケットから取り出し、美鈴に電話をかけた。

「頼む、出てくれ！」

颯汰の願いが通じたのか、美鈴が電話に出た。

「どうしたの？」

同じ部活だからお互いの電話番号は知っているが、颯汰が美鈴に電話をするのは初めてのことなので、美鈴の声は心配しているような響きを帯びていた。

「部長！　今どこにいる？」

「私？　家だけどどうして？」

「よかった。今から時間ある？」

「ちょっとならあるけど……どうして？」

「ちょっと頼みがある。20分後に行くから住所をメールしてくんない？」

「……わかった」

そう言うと電話を切って、ペダルに力を込めた。

もう下り坂は終わっている。

家まで、持てる力のすべてを使って自転車を漕ぐと、転がすように自転車をガレージに横倒しにして、家の中に駆け込んだ。

携帯を取り出すと、美鈴からのメールが来ている。

「思った通りだ！」

美鈴の出身中学が音無中学なのを覚えていた颯汰は、商店街の近くに美鈴の家があると予想したが、果たしてその通りだった。

颯汰は、洗面台に行くと、鏡の上の棚の奥から、中学時代に使っていたバリカンを取り出した。

★

一度だけ自分の顔を鏡で見た。染めてからだいぶ経《た》つ金髪が汗で濡《ぬ》れている。

美鈴は、中学時代の友達にメールを入れて、一緒に祭りに行く約束をドタキャンした。間もなくブーイングメールが次々来たが、拝み倒すような絵文字ばかりを送って、何とかわかってもらえた。

着付けの終わった浴衣を脱ぐ気にはなれず、そのまま颯汰が来るのを待つことにした。帯が窮屈で苦しいが、颯汰が来るのを待っているということにドキドキしている自分がいるのもわかった。

時計を見ると、先ほど電話がかかってきてから25分が経っていた。本当に来るのか不安になり始めた頃に、玄関のインターホンが鳴った。母親が出そうになるのを制して、美鈴は玄関へ向かった。扉を開けると、そこには颯汰が立っていた。美鈴は、颯汰の姿を見て言葉を失った。

白い道着に、黒袴《くろばかま》を穿《は》き、白タスキをしている。書道部がパフォーマンスをするときのスタイルだ。何より驚いたのが頭を坊主にしていることだ。汗で濡れて頭が光っている。

一方で、颯汰も美鈴の姿を見て、言葉を失った。

浴衣姿に、髪をあげていて、ほんのり化粧もしているようだ。いつもの美鈴とは全く違う雰囲気に颯汰は思わず顔が赤くなった。

「どうしたの、その格好？」

美鈴が先に颯汰に聞いた。美鈴の格好を見れば、これからお祭りに出かけようとしていることがわかる。颯汰は躊躇《ちゆうちよ》した。

頭から、額へと止めどなく流れ続ける汗を見ながら、颯汰の鬼気迫る様子にただならぬ事態を察した美鈴は、颯汰に更に尋ねた。

「頼みって何？」

颯汰は、腰を折って頭を下げた。

「部長、頼む。これから、パフォーマンスやってくれ」

「え？　これから？　何を？　どこで？」

「夏祭りのステージ。書く内容は、去年の学園祭でやったやつ」

「部員は？」

颯汰は、首を振って、頭を上げずにお願いを続けた。

「できるだけ俺一人でやるから。頼むからちょっと助けてくれないか」

美鈴は、颯汰が何をしようとしているのか、何となくわかってきた。「音無フラワー商店街夏祭り」は予定していたアーティストの欠演が決まり、ひどいことになりそうだと朝から噂《うわさ》になっていた。そのステージ上で颯汰が何かをしようとしている。なぜかはわからないが、彼なりの事情があるのだろう。できるはずもない埋め合わせを自分と、そして美鈴でしようとしているのだ。

もちろん、自分が字を書いたところで、全国区の有名バンドと、一流アーティストの代わりになるとは思えない。代わりに立っただけで、ひどいブーイングを受けることになるだろう。それでも颯汰がこうやって自分を頼ってきてくれたという事実で美鈴は強くなれる気がした。

やがて、美鈴は小さな声で言った。

「そこで待ってて」

玄関の扉を閉めて、廊下を自分の部屋へと戻りながら、美鈴は綺麗《きれい》に飾り付けをした髪をほどいていた。

★

商店街の途中にある空きスペースにできた、今回の祭りのメイン会場は、人影もまばらだった。それでも、客席となるべき場所には、ポツポツと人がいて、思い思いに祭りの雰囲気を楽しんでいる。

颯汰は、16時くらいから商店街の北端の駅前から、南端の御堂書店の前までを何度も往復して、

「本日、予定していたアーティストは来られなくなりましたが、夏祭りメイン会場にて、音無フラワー商店街スペシャルパフォーマンスを開催します。時間は20時30分から。それ

まで、お祭りを楽しんでください」

と大声で告知して回った。

二時間もそうしていると、そのうち声もまともに出ないほど枯れてしまったが、颯汰はそれでもやめようとせず、時間ギリギリになるまで商店街の端から端まで声を出し続けた。

その甲斐《かい》あってか、商店街のあちこちで、

「何かあるらしいよ」

「何かやるなら、もう少しいようか」

という声も聞かれるようになった。

予定の10分前になり、メイン会場に戻った颯汰は、そこに集まった人の数を見て驚いた。

颯汰は、どれくらい来て欲しいというイメージすらなく、ただ必死で声を出し続けていたに過ぎないのだが、隙間はあるものの、会場いっぱいの人たちで賑わっている。

舞台裏に倒れ込むように転がり込んだ颯汰に、美鈴が駆け寄った。白い道着に黒袴、白タスキをした、パフォーマンスの衣装にすっかり身を包んでいる。

「颯汰君。墨と筆の用意はできたわ。でも、こんなに集まってもらった中で、初めてパフォーマンスをやるなんて無茶よ。それに、大きい熊野筆を使ったこともないんでしょ。

私がやるよ」

颯汰は首を振った。

「いや、部長にやらせるわけにはいかないよ。ここまでたくさんの人が、この時間まで残ってくれたことで、俺たちの役割は終わってるから」

「そんな無茶な」

「時間だけど、本当に始めていいのかな？」

ステージの係の人が、二人に声をかけた。

「はい、お願いします」

颯汰はかすれた声で、そう言った。

ステージ上に、ライトが入れられて、メイン会場は急に昼間のような明るさになった。

それだけで、観客が「おお」とわき上がる。

その声を聞いてか、商店街から更に人が入り込んできた。

颯汰は、舞台袖で大きく息を吸い込んで、吐き出すと、反対袖に回った美鈴と目を合わせて、うなずき合った。

ほぼ同時に、舞台の両袖から、同じ格好をした二人がステージ中央に向かって歩き出す。

会場からはまばらな拍手と、

「何やるんだ？」

という声が飛んでくる。

颯汰は、ステージ上から客席を見た。

どの顔も、期待で胸を膨らませているように見える。

残ってくれた人は当然そういう気持ちになるだろう。

その瞬間、颯汰は、自分がやろうとしていることの恐ろしさに初めて気づいた。

何をやるのかすらわからず、颯汰の声を枯らした告知だけを頼りに集まってきてくれたこの人たちに、自分は何をしようとしているのか……。

颯汰は、哲のために、この商店街のために自分ができることがあれば、何でもしたいという一心で、突発的に行動をしたに過ぎない。その目的とは、一人でも多くのお客さんに、少しでも長くこの商店街にいてもらうこと。

だから、予定されたアーティストは来なくとも、何かあるとわかれば、みんな帰らないで残ってくれるんじゃないか。それだけを考えて、必死で声を張り上げ続けた。

そして、その結果……本当にたくさんの人たちが残ってくれた。颯汰の予想をはるかに超える人が、帰るのをやめて夏祭り会場に残ってくれたのである。

颯汰は、それで役目を終えたと思っていた。ところが、それは商店街を救うためにやった行為とはいえ、残ってくれた人たち、つまり、今目の前にいる、何があるかすらわからないのに、颯汰の言葉を信じて残ってくれた人たちをだます行為でもある。

本気になれば、応援団がつくと哲に教わったばかりだが、まさにこの数時間、颯汰は本気で商店街のために自分にできることをしようとしてガムシャラに動き、哲の言った通り奇跡が起こった。ここに集まってくれた人たちは、颯汰のその本気を応援したいと思った人たちだろう。その人たちに自分は何をしようとしているのか……。

そこに、自分だけならまだしも、この商店街の近くに住む美鈴まで引き込んでしまっている。自分が非難されるのは仕方ないが、美鈴も同じ非難にさらされるのだ。こんな勝手が許されるはずがない。

颯汰の、マイクを持つ手が震え始めた。

「俺は、なんてことをしてしまったんだ……」

今更悔やんでも遅いが、時間とともに客席の期待の目は前に立っている二人に強く注がれていく。

美鈴は横目で、颯汰を見た。

予定では、すぐに颯汰が、パフォーマンスの説明をし始めるはずだが、一向にその気配がない。会場がざわつき始めた。美鈴はもう一度颯汰を見たが、やはり動く気配がない。

だらりと垂れ下がった手に握られたマイクが小刻みに震えている。

マイクが、ハウリングを起こしたが、颯汰は金縛りにあったように動けなかった。

美鈴は颯汰の近くに歩み寄って、震える手からマイクを奪い取ると、颯汰の耳元で、

「私に任せて」

と小声で言ったあと、客席に向かって話しかけた。

「みなさん、こんばんは。今日は、みなさんも知っていると思いますが、予定していたバンドやアーティストが来られなくなるという、非常に残念な事態が起こってしまいました。でも、こんなにたくさんのみなさんに残っていただいて、本当に感謝します」

会場からはまとまりのない拍手が起こった。颯汰は今にも泣き出しそうに硬直している。

「その代わりになるとは思いませんが、私たちが、ここ、音無フラワー商店街にふさわしいパフォーマンスをしようと思います」

会場に、御堂哲と、本庄和宏、そして熊谷謙治が駆けつけた。

「あいつ、いなくなったと思ったら、ここで何してんだ?」

謙治がいぶかしげに言った。

「さあ、何だろう?」

哲の目もステージに釘付《くぎづ》けになった。

「っていうか、颯汰君、坊主になってるよ」

哲は驚きの声を上げた。

美鈴の話は続く。

「バンドもいいけど、ここは音無フラワー商店街だから、音無の世界をお届けしようと思います。みな様、しばし音を立てるのを控えていただいても……よろしいでしょうか」

美鈴の語りに誘われて、会場が徐々に静かになっていく。

通りの外に出ている屋台が使っている発電機の音が聞こえるほどに静かになってきた。

「まだまだ、もう少し、もう少し、静かにお願いします」

美鈴は、さすがにこれまで何度も書道パフォーマンスをやってきただけあって、人前で話をすることも、堂々と振る舞うことにも慣れている。颯汰は、ただそれを祈るような思いで見守るしかないほど、緊張して動けなくなってしまっていた。

会場の静けさが、ちょっとした緊張感を生んだ。

美鈴はその瞬間を待っていたかのように、カッと目を見開くと、素早く舞台上を移動した。駆け寄った先には筆がある。筆先を墨の入ったバケツに突っ込むとそれを勢いよく引き抜き、紙の上に筆を落とした。思わず客席から「おお」という声が漏れる。その声が収まり、静寂が訪れるのを待って美鈴は動き始めた。

ステージは一段高くなっているので、客席から何を書いているのか見えないが、誰もが美鈴の動きを目で追っていた。流れるように全身を使って書くその動きは、音楽はないが、何かゆったりした音楽に合わせて踊っているように見えて、それだけで見とれてしまう。

やがて踊るような動きは、筆先をもう一度バケツに収めることで止まった。美鈴は颯汰に目で合図を送る。その目力で金縛りの呪縛を解かれたように動けるようになった颯汰は、そこまで歩み寄っていくと、筆を手にした。すぐに、紙の上に筆を落とす。

もはや無心だった。

綺麗に書こうとか、どう思われるかなど考える余裕すらない。ただ、一文字一文字必死で書くしかない。頭の中は真っ白になり、身体《からだ》は墨で真っ黒になった。

颯汰は自分が書くべき文字を終えると、また、バケツに筆を収めた。

すぐに美鈴が筆を執るが、そこで美鈴の動きが止まった。颯汰が書いた文字が思っていたよりも小さくて、全体のバランスが難しいように感じられたからだ。

「どう書くべきか」

思案をしている間も、パフォーマンスが続いていると思っている観客たちは、無音で静かに見守っている。考えていても仕方がない。とにかく勢いで大きく書こうと意を決したとき、視線の先に舞台袖から歩いて来る一人の女性の姿が見えた。

「そんな……」

美鈴は息をのんだ。

ベースボールキャップをかぶり、七分袖の白いブラウス、デニム地のレギンスに、少し高めのヒールといった出《い》で立ちのその女性は、モデルのように美鈴のところまで一直線に歩み寄り、ヒールを脱ぎ捨てた。美鈴を一瞥《いちべつ》し、笑顔を作って筆を受け取り、一気にその筆を紙の上にドンと乗せた。

高価そうな洋服が墨で汚れるのもお構いなしに、優雅に踊りながら字を書くその姿に、誰もが感嘆の声を上げそうになったが、あまりの動きの美しさに、誰も声を出すことすらできず、不思議な静けさの中、すべての人の目が舞台に釘付けになった。

やがて、その女性は動きを止め筆を紙の外に倒すと、かぶっていたキャップを客席に投げた。

急に現れた、保科希の姿を見て会場は、地鳴りのような盛り上がりを見せた。

「保科さん、札幌じゃなかったんですか」

颯汰は涙を流しながら、駆けつけてくれた保科希のもとに歩み寄った。

「颯汰君が、こんな場を用意してくれていたなんて驚いたわ。来ても意味ないかと思ったけど、本当に来てよかったわ。ありがとう……っていうか、どうしたの、その頭？」

希は私服を墨だらけにしながら言った。

颯汰は、号泣しながらも笑っている。美鈴もプレッシャーから解放された安堵感《あんどかん》と、目の前にやってきた憧れの人との対面に身体も心も震えて涙が止まらない。

「さあ、上げましょう」

希の合図で、大きな紙に書かれた文字が持ち上げられた。

会場から、どよめきが起き、やがて大きな拍手が湧き起こった。

「泣きなさい　笑いなさい
いつの日か　いつの日か

花を咲かそうよ

音無フラワー商店街」

そう書かれていた。

別件の取材で偶然、その商店街に居合わせた報道陣も、いつの間にか会場に集まっており、小さな商店街の夏祭りで起きた奇跡の瞬間に激しくシャッターを切り続けた。有名女優による奇跡のパフォーマンスは、きっといいニュースになるだろう。会場に集まった参加者たちも口々に、

「撮った？」

「俺たちラッキーだったな」

と興奮気味に語っている。いくつもの携帯のカメラがステージに向いている。きっと明日は、この話題で持ちきりになるだろう。

「哲……」

謙治がステージを見ながら、御堂哲に話しかけた。

「何だか、俺たちは逆にあいつに教えてもらったな。いつの間にか理屈ばっかりで、とにかくガムシャラに動いてみる勇気ってのをなくしてしまっていたのかもしれない」

「確かに、二階堂肇がいなくなって、右往左往するようじゃ、颯汰君に偉そうなことは言

えないね」

哲もステージを見つめている。

「Ladybird、開けるか」

「そうだね。いつか、秘密じゃなくて、誰でも入れるお店にしなければならないとしたら、きっと今日だろうね」

「ああ。こんなストーリー、いかにもあいつが好きそうじゃないか。きっと、あいつもどこかで見てるよ」

謙治は、夜空を見上げた。はっきり見えていた星が滲《にじ》んでいく。

謙治の頰に一筋の涙が流れた。

「何だか最近、泣いてばかりだが、まさかあいつに泣かされるとはなぁ」

祭りのあと

「ただいま」

颯汰が家に帰ったのは22時半を回った頃だった。

もう声も出ない。

玄関先に立った颯汰を見て綾子は絶句した。

「颯汰、何その格好……っていうか、その頭どうしたの?」

「ああ、これ?」

そう言いながら、颯汰は頭を撫《な》でた。

「書道部の決まりで、髪の色を黒くしなきゃいけなかったんだけど、染めてる時間がなかったから、自分で刈った」

「それで、お風呂場にあなたの髪がたくさん落ちてたのね」

「掃除したつもりだったけど、散らかってた? 急いでたから」

「それより、ひどい声」

綾子は顔をしかめた。

颯汰は苦笑いをしながら、靴を脱ぎ家に上がった。

リビングで、信一と目が合った。

「お前、今日、書道パフォーマンスやったんだって?」

信一は、誰から聞いたのかその情報を知っていた。もしかしたら、颯汰の格好を見てそう言っただけかもしれない。

「うん。明日から書道部の合宿にも参加しようと思う」

「ほう。どうした急に」

「うん。ちょっと真面目にやってみようと思ってさ。せっかくだから師範の免許がもらえるところまでは続けようかとも思うようになったんだよね」

「その真面目さを勉強にも発揮して欲しいけどね」

キッチンから綾子の声が飛んできた。

「ああ。勉強もやるさ。それに合宿中も部長から勉強を教えてもらえることになってるんだ。今もこれからやる。今日一日だけは負けないって決めてるから」

颯汰の表情を見て、信一は微笑《ほほえ》んだ。

「ああ、そうしろ。どうせやるなら何でも本気でやれ」

「父さんは、何か本気でやったの？」

颯汰は逆に聞き返した。

「父さん？　父さんのことはいいんだよ」

信一は笑いながら話をはぐらかした。颯汰は、信一の目の前にLadybirdのコースターを置いた。

「鬼灯」「七星天道」と漢字で書いてある。

信一は、顔色ひとつ変えず、笑顔でそのコースターを見つめている。

「保科希に書いてもらったんだ」

颯汰は、信一の顔色をうかがいながら言ってみた。信一の表情に特に変わったところはなさそうだった。

「何？　どうしたの？」

料理を皿に盛って運んできた綾子が尋ねた。

「颯汰が、保科希の直筆をもらってきたらしい」

信一はそう言って、コースターを綾子に差し出した。

「え？　あの女優の？　会ったの？　どこで？　どうして？」

そう言いながら、コースターを手にした綾子は苦い顔をした。

「はあ、危うく信じるところだった。お父さんの字じゃない、これ」

そう言ってテーブルの上にコースターを投げた。

信一は笑ってそれを拾い上げて、颯汰に渡した。颯汰はそれを受け取ると、しばらく見つめたあとでポケットにしまった。

それ以上、その話をしようとは思わなかった。信一も、その話を膨らませるつもりはないらしい。あれだけ思い入れの深い映画であるにもかかわらずLadybirdという店のロゴにも、何の反応を示そうともしなかった。

「その店、本当にあるのか？　どこだ？」

とか
「保科希は、父さんの同級生なんだぞ」

とか、話が盛り上がることを期待していた颯汰だったが、案外予想通りの反応でもあった。きっと、ずっと昔にポケットにしまい込んで、二度と出さないと決めた記憶が、信一にもあるのだろう。

代わりに信一が言った言葉は、

「ここ数日で、お前成長したな。そんな気がするよ」

だった。

颯汰は、うなずいて笑顔を作った。

「いろんなことがあったからね」

そう言う颯汰を、信一は嬉《うれ》しそうに眺めていた。

「そのいろんなことを、前に進む力に変えて、毎日少しずつ成長していく……そういう生き方を何て言うか知ってるか？」

「さあ……」

信一は、颯汰がコースターをしまったポケットを指さして、その指を机の上に置いた。

もう一度出せと言っているのだろう。

颯汰は、コースターを取り出して信一に渡した。

信一は、コースターを裏返すと、何も書かれていない真っ白の面に手元に置いてあるペンを使って字を書いた。

「日々漸進」

それは、颯汰の部屋に飾ってある自分が小学生の時に書いた言葉だった。

信一の筆跡は確かに保科希と似ていた。

「父さん、書家にならないの？」

信一は笑った。

「ならないよ」

「どうして？」

「今の仕事の方が、楽しいもん」

信一の顔は、晴れやかだった。颯汰は、いつの日か自分もそうやって、今の自分の仕事が楽しいって言える大人になりたいと思った。

「それに……同じような字を書く書家がもういるからな」

そう言って、コースターをひっくり返した。

あとがき

この作品では、一人の高校生を主人公として、自分らしい人生を創造する方法をひとつのテーマとしていますが、それから30年経《た》った48歳の大人たちが、これからの自分の人生のあり方を見直すことも、同時にテーマとしています。

やはり、幼虫期から成虫になる間には、蛹《さなぎ》という劇的な変化を遂げる時期が、僕たち人間の内面にもあるような気がします。そして、それを超えて、僕たちは、この世界を自由に飛び回ることができるようになるのだと……。

この本と出会った、それぞれの年代の人たちが、自分のことに置き換えながら、考えながら読むことで、これからの自分の人生の方向性を考えるきっかけになれば、幸いです。

「秘密結社」というアイデアはいかにも子供っぽい遊びでしかありませんが、それを「会社」や「チーム」に置き換えて読んでもらえると、強い会社のあり方、成長する集団となる方法、そして、リーダーのあり方や、そこに所属する人の当事者意識と自分を磨く姿勢など、たくさんのことを考えるきっかけになると思い、このような舞台になりました。

人は誰かと交わした約束を守ることで、人生を生きています。

約束を守ることで、社会の中で生きていく上でなくてはならない信頼が作られていきます。

逆に、誰かと交わした約束を破り続けていると、信頼がなくなり、人との繫《つな》がりを失い、仕事を失うようになります。

ですから、今、生きている我々は、少なくとも、誰かと交わした約束を守ってきたからこそ、今日こうやって生きているとも言えるわけです。

ただ、同じ約束を守るのでも、守り方と言いますが、その、程度には個人差があるのも事実で、その約束の守り方の差のことを「仕事力の差」と言うことができます。

とりあえず約束したことだけを守りさえすればいいというスタンスの人もいれば、自分のベストを尽くして約束を守ろうというスタンスの人もいるし、相手の予想を超えることをして、喜ばせることをして初めて約束を守ったことになると考える人だっている。

どの人も誰かと交わした約束を守っているという意味では、同じではあるけれども、それによって手にする信頼、人との繫がり、そして、得られる仕事という意味では大きな違いがある。

だからこそ、どうせ約束を守るなら相手の予想をちょっとだけ超えることを考えた方がいい。僕はそう思っています。『約束を守りさえすればいい』という想《おも》いで仕事をすると、それをやっている時間はすべて義務になり、その時間はできるだけ短い方がいい、と思うのが当然で、そういった意識でやっている仕事というのは、その時間が苦痛になります。
でも、『相手の予想をちょっとだけ超えてみよう』と考え方を変えた瞬間から、それをやっている時間は想像力を活《い》かした、ワクワクした時間になり、工夫をして手間暇かけるのが楽しくなってくる。そういった意識でやる仕事というのは、時間を忘れて没頭することができます。

僕たちは、自分の人生の大半の時間を働いて過ごしています。だから、その時間が苦痛で埋まるよりも、ワクワクで埋まった方が充実した人生になることは間違いありません。

とはいえ、程度の違いこそあれ、世の中のほとんどの人が、誰かと交わした約束を守って生きていることだけは確かです。

ところが、世の中には、誰にとっても守るのが非常に困難な約束があります。

それが「自分との約束」です。

他人との約束をしっかりと守る人であっても、自分との約束を守るのは本当に難しい。

もし、僕たちが、自分と交わした約束を、他人と交わした約束と同じくらいしっかりと守って生きてきたとしたら、今の自分が想像もしないような活躍を、今の自分が想像もしないような分野で遂げていることでしょう。

自分との約束を守れる人になるだけで、自分でも驚くほど、自分の能力を開花させることができるようになるのです。

とはいえ、それは、簡単ではありません。それができるようになるためには、自分の中に確固たる「システム」や「哲学」を作り上げなければなりません。その作業なくして、自分との約束を守る生き方というのは手に入らないでしょう。

それにしても、「作り上げなければならない」というのは、面倒な話です。生まれながらに勝手に備わっているものではないので自分で作り上げなければ、自分との約束を守れるだけの強い意志を持つことができないわけです。ところが昔は、自分ではなく、誰かがそれを育ててくれていたように感じます。どうしてそうなったのか、それは、この国から、ここ最近あるものが消えつつあるからだと僕は思っています。

それが「お天道様」です。

僕が子供の頃、大人たちはよくこう言って子供を育てました。

「お天道様は見ているよ」

僕には、お天道様が何かは説明できませんでしたが、でも、誰が見ていようがいまいが関係なく、正しいことをしなければならないと思うには十分な言葉でした。何となく、一人のときも「お天道様は見てるんだろうなぁ」と感じるわけです。

最近日本から、お天道様が消えつつあります。それは日本人が持っているひとつの強さの喪失でもあります。

今の人が「自分との約束」ととらえていることも、お天道様は見ていると思って育った人は、「自分ではない誰かと交わした約束」になります。

日本にたくさんお天道様がいた時代には、自分との約束を守って生きることができる人が多かったのかもしれません。

そういう、自分との約束を守れる強さを持った人に育てるというのが、家庭教育の大切な役割であったように思います。そして、その役割は、時代が変わったからといって変わるわけではありません。子供の中に自分との約束を守れる強さを育ててあげるというのは教育の大きな役割なのです。

もちろん、自分との約束を守るために自分の中にあるものが、「お天道様」である必要はありません。そういうシステムを自分で持てればいいわけです。

ただ、僕たちが捨ててしまった、もしくは捨てようとしている、数々のものの中には、本当は残すべき大切なものだってたくさん混ざっているのは確かです。

僕にとって、かつて祖母や母から教えてもらった
「お天道様は、いつも見ている」

という言葉は、とても大切な人生の柱となっていることは、まぎれもない事実です。

この物語も、たくさんの人や出来事との出会いが偶然に重なって、完成させることができました。とりわけ、ホザナ幼稚園理事長・小西忠禮さん、S・Yワークス代表の佐藤芳

直さん、聡明舎のスタッフ、そして生徒たちから多くを学びました。また、サンマーク出版の鈴木七沖さん、高瀬沙昌さんからのアドバイスや励ましに、そして家族の協力と娘が楽しそうに書道に通う姿に支えられました。この場を借りて、心よりお礼申し上げます。

この原稿を書き終えて、深夜、四万十川に架かる沈下橋に横になり、ひとり満天の星空を見上げていました。やっぱり、誰かに見られているのかなぁって気になってきます。

平成28年11月

著者記す

喜多川 泰（きたがわ・やすし）
1970年、東京都生まれ。愛媛県西条市に育つ。東京学芸大学卒。98年、横浜市に学習塾「聡明舎」を創立。人間的成長を重視した、まったく新しい学習塾として地域で話題となる。2005年に作家としての活動を開始。その独特の世界観は多くの人々に愛されている。作品に『「また、必ず会おう」と誰もが言った。』（13年に映画化）、『おいべっさんと不思議な母子』『One World』（以上、小社）、『賢者の書』『君と会えたから……』『「手紙屋」』『「手紙屋」蛍雪篇』『上京物語』『スタートライン』『ライフトラベラー』『株式会社タイムカプセル社』（以上、ディスカヴァー・トゥエンティワン）、『書斎の鍵』（現代書林）、『「福」に憑かれた男』（総合法令出版）、『心晴日和』（幻冬舎）、『母さんのコロッケ』（大和書房）がある。また、多くの作品が、中国、韓国、台湾、ベトナムでも翻訳出版され、その活躍は国内にとどまらない。

喜多川泰のホームページ
http://www.tegamiya.jp/

秘密結社Ladybirdと僕の6日間

2017年 1月 5日 初版印刷
2017年 1月10日 初版発行

著　者　喜多川 泰
発行人　植木宣隆
発行所　〒169-0075
株式会社 サンマーク出版
東京都新宿区高田馬場2-16-11
(電)03-5272-3166

校　正　ぷれす
DTP　ジェイアート
編集担当　鈴木七沖（サンマーク出版）
印　刷　株式会社暁印刷
製　本　株式会社若林製本工場

JASRAC 出 1614555-601

ISBN978-4-7631-3604-6 C0095
ホームページ　http://www.sunmark.co.jp
携帯サイト　http://www.sunmark.jp

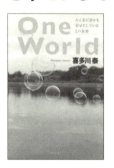